商务印书馆（成都）有限责任公司出品

我的时代的宗教

La religione del mio tempo

〔意〕皮耶尔·保罗·帕索里尼 著

刘儒庭 译

商务印书馆
The Commercial Press

序

　　1961 年，即《我的时代的宗教》出版那年，帕索里尼同阿尔贝托·莫拉维亚以及艾尔莎·莫兰特到印度走了一趟。有一天，他突然开始思考"印度资产阶级"这一问题。他认为，"印度资产阶级"没有希望，因为这些人虽然有了"现代文明意识"，但他们也知道，无论如何"他们仍将留在地狱"。这就是为什么他们的公益心很强（正如他们的圣人甘地和尼赫鲁所做的那样），他们能够像其他地方的人一样在世界各地传播宽容精神，却自囿于家族。"然而，现在这种狭隘更多的是令人不安，而不是令人愤慨。不过，有一点确信无疑：印度绝不粗俗。尽管印度是个贫穷的地狱，在那里生活却很不错，因为印度绝不粗俗。"

　　请记住这个词，"粗俗"！这是大家面前的这本书的一个关键词。这是因为，意大利面对的是它走向现代化的繁荣十年，但在帕索里尼眼里，不久前在印度所看到的与意大利的情况恰恰相反：在意大利，人们体验到了福利和财富，随之而来的（在帕索里尼的观念中）便是"粗俗"。"粗俗"应该被看作虚伪、腐败、欺诈、伪善的同义词，所有这些的后果便是脆弱、暴力、凶残。

这是"财富"一词在修辞学上的另外一种重言法，用此词作本书第一首诗的标题并非偶然。但是，它的意蕴是双重的、含糊的。一方面，它指的是疯狂的贪求，是正在逐步蔓延到整个国家的盲目的、破坏性的狂热。另一方面，这些诗中出现了关于财富的另一种完全不同的观念：思想和知识构成的财富，对此诗人感到自豪（这合情合理）。

过去，帕索里尼经历过一段十分可悲的时日。那时，他每天都要奔波好长一段路，从居住的马莫洛桥小镇前往郊区钱皮诺镇的学校，他在那里教书，这是他的第一份工作。即便这样，他也感到自己在思想和知识方面很富足，这种富足缘于有"图书馆、画廊以及研究学习的种种手段"。他的《财富》一诗，其文犹如电闪雷鸣，它揭示了上述这些观念使每个人的生活都与众不同。这首诗塑造了一个可怜虫的形象：他没有能力欣赏皮埃罗在阿雷佐市画的这幅壁画之美："他向前移步，下巴高高抬起，／但像是有一只无形的手将他的头／压低。他动作坦荡却也／吃力，停下步子，已融入／这种光线，融入这些墙壁。／面对这束光他有些畏惧，觉得与之不甚相宜，／他搅乱了这里的纯正统一……"

在这里，帕索里尼表明自己彻底领会了隆基的教诲——

他当然不是第一个观察到这一点的人，他准确地、带着阿里奥斯托的回声般的气势还原了这幅壁画暗藏的要义："那些蕴含愤怒的手臂，那些 / 深色的背脊，杂乱交错的绿衣士兵 / 和棕色马匹，那束纯洁的光，像是为这一切罩上 / 一抹灰尘的气息：这是大风暴，/ 是屠城血洗。这卑微的目光 / 从绶带分辨出缰绳，从流苏间看出马鬃；/ 就要去杀人的蓝色手臂 / 抬起，下面是一只屈起自卫的 / 褐色手臂，一匹马不听驱使拼命倒退，/ 它已仰面倒地，马蹄在流尽鲜血的 / 士兵间猛蹬乱踢。"

帕索里尼那双"富有活力的"眼睛确实令人惊异，他的眼光集中于这幅艺术品，那种极度的精准在观察风景时成倍提高："上帝啊，地平线上闪烁的 / 那静静的帐幔是什么……/ 这里的原野布满苔藓——/ 血色般的玫瑰，从山坡下延伸到 / 令人神魂颠倒的海上波涛之间……/ 浓雾中隐约可见的火焰 / 在跳动，使韦特拉拉 / 到奇尔切奥的原野很像非洲的 / 沼泽地，这沼泽地在一棵枯死的橘子树前 / 散发出它的气息……"

这些诗句将拉齐奥地区的乡野风光生动地展现出来，像此前皮埃罗·德拉·弗朗切斯卡描绘那场战斗的画面时一样栩栩如生，这些诗句使叙述鲜活，却间接地有可能导致不太熟悉帕索里尼的读者误入歧途，使这类读者误以为帕索里尼只是一个"仅具视觉力的"诗人，误以为他只能从自己感官出发，他是一个只会用眼睛观看的人，他那双眼睛仅仅满足于将世间的境况，包括这些境况的所有揭示性的细节记录下来。

实际情况与此恰恰相反，他急切地以诗作为证据。这样就会带来双重结果，既有正面的也有负面的。仅仅这一本诗集就已反映整个混乱的社会，如此超凡的史诗性作品让我们感到惊异：罗马过去的美和现在的伤口，居住在这里的各色新人，人们对金钱的疯狂追逐，仅仅这种追逐就可将种种思想观念、情感和宗教信仰一扫而光。

为此，帕索里尼运用了他所有对人民不可遏制的激情、对生的永不满足的渴望、对探索思辨不可抗拒的追求。他认为必要时——实际上他经常——挥舞皮鞭，鞭笞那些坑蒙拐骗他的人、那些他认为行为怯懦的人，以及那些"让人丧失信仰"的人："这怯懦像一种很深很深的障碍，/它将人们心中的力量掏空，/使理性的热情消耗殆尽，//这一障碍使人探讨虔诚/就像只是探讨一个简简单单的行动，/探讨仁慈只是探讨简简单单的规则准绳。"所有的人都拼命占有财富，以此遏制自己代代相传的焦虑，于是任何人都不能体会到真正的激情。这是因为，"每一种拥有的东西都相同：一个企业/和一小块农田，一艘大船和一辆小车都相同"。所有这些都是一成不变的粗俗且亵渎神灵。

帕索里尼构建的这一图像强而有力：恐惧—怯懦—拥有一虚无主义这些东西紧密相连，而它们永无实效。所谓诗人以某种方式脱离了这一蜕化进程的说法恐怕不太能服人。他牺牲奉献式的处境导致自己有些离群孤寂，另外，围绕着他的是："除大自然之外／这个人类世界——在自然界传出的／／也仅仅是死亡的魔力——再也没有／任何东西让我去爱去珍惜。／一切给我带来的是痛苦……"

另一方面，帕索里尼诗作真正似非而是之处在于：越是密切关注现实中的种种蜕变，越是对人世进行考察和判断，"我"就越是孤寂离群。这现实被他痛苦的热情照亮，因为"我"已激情满怀，已在燃烧。看到抵抗运动的神话凝聚而成的高尚历史理想如何让位于新的腐败而无能为力时"心在燃烧"，这腐败是心灵的腐败、肉体的腐败（"所有的人都是一种神情，／就像手持大刀打瞌睡的／骑马放牧的牧人"），这腐败不仅使确立共同的梦想及推行一种不同的、更辉煌的政治的任何呼求落空，也使确立一种不同的、更纯真的宗教信仰的呼求同样落空。出现与此相反的情况不大可能，因为语言也同样已处于窘境，新现实主义持续颓败同时被新纯洁主义浪潮不断贬损，证实了语言的这种处境。

帕索里尼极力以其想象力来解释这一创伤性的转变，面对所有的一切决不退缩。他利用各类题材：从玄奥的到争议的、从当下的到未来的，从抒情到时事、从挽歌到博物及历史—评论。他遵照的是诗歌界应该懂的逻辑，即种种文学表达力。费尔迪南多·班迪尼精确地指出，诗人相信"诗是专断之地，在那里，每一论断都成为真理，个人可以作为全体而存在"，从诗人"将他的诗作为证据来表现他的生活、他的信仰和他的激情"之时起就是这样。

不过，面对帕索里尼提出的无可置疑的论断，读者在逐步深入阅读后开始自问，这种无可争辩（诗人为确保真理的可靠而对教会进行描绘）不正揭示了其诗作最需要琢磨的要素是什么吗？

首先，诗中并没有讥讽的笔调，一个无所不在的"我"在尽可能地保持距离。其次，这样写下去连那些被认为是诗作的中心题材（历史、抵抗运动、宗教、新资产阶级）的客观性也逐步消退了，这样会不可避免地导致过分夸张、过分强烈，最终陷入过度主观主义，造成心理上的凭空想象。最后，对现实提供的相互关联的素材、写诗可以利用的素材不加区分与选择，目的多重从而导致凌乱错杂：如果将一切都包含到一首诗中，那么诗同散文用什么区分就不那么明确了。同样不明确的还有，这个世界为什么如此缺乏诗歌，这位诗人正——有理有据地——同这一现象展开斗争。

面对一个如此强大、如此强势的人物必须十分警觉，因为存在屈从的危险，会被他的取一舍一——保留还是放弃——弄得头昏脑胀。保留还是放弃，是他的典型指导思想，瓦尔特·西蒂准确地指出了这一点，这一指导思想认为："文学和生活看来处于同一水平。行为和对行为的思考（或对行为的表达）相互融合，作为认知结构的文学同作为作者的主要作为的文学相互重叠。"

人们要应对这种极端主义，即必须从行为在文字上的表达分辨出该行为的意图。只有这样才能弄清文本的光彩和阴影，才能弄清文本的魅力和愤慨，才能弄清帕索里尼诗作中的那些短命诗作和那些最名副其实的"经典"诗作，弄清为什么这些东西同时存在于这一词语架构中。

帕索里尼的世界观中，要如何行动？要在"赤裸裸的爱，没有未来的爱"推动下行动。他提醒我们："就这样我来到抵抗运动的时日，/ 除它的风采之外我对它一无所知：/ 这风采明媚无比，那是对太阳的 / 难忘的感知。"伤感和失望相互交织，难道不得为一个时代的年轻人感到痛惜？历史千疮百孔且乏味，这些年轻人却缺乏深度认知，难道不得为他们感到痛惜？"他们已是成人：他们生活于 / 充斥着公然的腐败的 / 令人惊愕的战后年代中。/ 他们在我四周，这些可怜的人，/ 任何殉难牺牲对他们来说有如一缕空烟……"若真如他所述，那他对如下这些人做出的判断，难道不该用完全不同的方式来理解吗？他说这些人"是时代的奴隶，在这些时日，/人们极为痛苦地发现，/我们为之而生存的整个/这束亮光，/对他们来说只是不合理不现实的/梦幻，现在它是孤苦、耻辱的眼泪之源"。

对历史来说是这样，难道对宗教来说不也是这样吗？现在可以再次用他的话来印证我们的说法："我的宗教是一缕芳香味道。""我将我的/纯真和我的鲜血全部奉献给耶稣基督。"不久之后，一个在某种程度上已是"路德派"的帕索里尼告诫我们："你要是不知道天主教的信仰/就是资产阶级的信仰你就要当心，其标志//是各种特权，是各种好处，/是各种奴役；你不知道/罪孽不是别的而是这样的罪行：//全面侵害日常的所有安定，/这罪孽因可怕和无情而令人痛恨；你不知道/教会就是国家的冷酷无情的心你就要当心。"

面对前面这些话语，这种典型的抨击语调，这种猛烈的社会批判的语调，我们的心灵被点燃，因为我们感到这位善于制造轰动的人物的话语又已回归：强烈无比。他为我们大家高举真理大旗，他在自我牺牲。

但是，有些东西没有回归。正是时光的流逝（此书的出版到现在已五十年）要求我们怀着十分平静的心情去阅读、深思。再次阅读，我们会感到某种刺骨的寒意。似乎这个词也没有击中要害。

十分真诚、十分感人的是，帕索里尼在接受抵抗运动、然后将这一运动当作自己的梦想时，他认识到了自己行动的美学的、文体风格的本性。他说，那是一束光，就像此前"一缕芳香味道"竟让他选择了宗教之路一样。

承认这一点本身就令人心碎，就令人痛心。这揭示了他的软弱，揭示了他连温和的宣言也难以发表了："我停止所有行动……仅仅 / 站在这玫瑰前呼吸，/ 只有在这可怜的一瞬间我才懂得，/ 懂得我的生活的味道：我妈妈的味道十分清晰……"

只有回头去看，才能找到可能的答案。应该从根源上寻找，从难以忘怀的过去中寻找，那是走向成熟的年代，那时存在着混乱、悲伤和愤怒。除母亲之外，还有谁能够带来必须报答的"善良之光"？除了这个不求报答、没有任何奢求、坦然地尽其美德的善良女人之外，还能有谁？

母亲的教诲应该永志不忘，反复琢磨依然不够。这样诗人才有可能创作出本书中最有意义的一首诗《紫藤》。紫藤重新开放，像一个"愁眉苦脸的人"，这是生活中的"宗教走向毁灭"的信号。看到紫藤每一季都要开放会让人产生"痛苦的欢乐"，一种——仔细观察这一现象的人产生的——先天性的失败的感觉。诗人指出："但这是多么可笑，在这里 / 我无法因这惨淡的阴影而伤心，/ 尽管剧痛压得我喘不过气，/ 尽管这紫色构成的轻浪 / 以不知羞耻的单纯幼稚 / 在红色墙壁上空制造出 / 庆祝狂暴事件的无声的欢庆气息！"

看到可怜兮兮的紫藤产生失败感是什么意思？是忘记"对真理和理性的长期激情"，觉得这种激情"显得十分可笑"？说到底还是，"在躯体和历史之间，是这种 / 走调但绝妙的 / 动听之声，其间完结的 / 和开始的等同，多少世纪中 / 完全如此：原因在于人世间的生存"。

其他诗作中很少有一首像《紫藤》这样，帕索里尼的生存和思想观念令人感动地相互交织，诗作将这种交织深刻、集中地展现出来：我和历史、理性和非理性、躯体和激情、狂喜和愤慨、纪实和玄学、宗教和革命。情况似乎是，控制一切、把一切都掌握起来的努力令人失望，面对这种情况诗人甚至也屈服了。然而，表现自己的无能为力赋予了这首诗最深刻的意义。谢天谢地，终于向五十年后的读者揭示了这一点。

佛朗哥·马可阿尔迪

献给艾尔莎·莫兰特

目　录

I

II

Ⅲ

I

财富

(1955—1959)

1

皮埃罗在阿雷佐市画的壁画——在生活的嘈杂声中游
走——意大利的乡间腹地——生活的怀旧

他向前移步，下巴高高抬起，

但像是有一只无形的手将他的头

压低。他动作坦荡却也

吃力，停下步子，已融入

这种光线，融入这些墙壁。

面对这束光他有些畏惧，觉得与之不甚相宜，

他搅乱了这里的纯正统一……

他在游走，在这面画着壁画的墙下，

肩上是他那卑微的头颅，他那工人的

刮得光光的脸颊。半明半暗的空间上方

是烈焰燃烧般的穹顶红霞。

他像被驱赶似的游走，投出动物般的

疑惑的目光：然后转向我们，这卑微的人

有些冒失，用火辣辣的目光

盯了我们一瞬：然后又转向穹顶……阳光

沿着如此纯洁的穹顶再次闪亮，

这阳光来自看不到的地平线上……

西侧彩色玻璃窗上火焰般的亮光

照亮了墙壁，那双眼

在墙上胆怯地寻觅，身旁是一群人，

他们能对他进行主宰驾驭。在教堂内，

他的双膝不屈，头也不低：但他的

欣赏是如此虔诚，在这白天的

流光溢彩中，他欣赏空中另一束光

照着的那些画中人体。

那些蕴含愤怒的手臂，那些

深色的背脊，杂乱交错的绿衣士兵

和棕色马匹，那束纯洁的光

像是为这一切罩上

一抹灰尘的气息：这是大风暴，

是屠城血洗。这卑微的目光

从绶带分辨出缰绳，从流苏间看出马鬃；

就要去杀人的蓝色手臂

抬起，下面是一只屈起自卫的

褐色手臂，一匹马不听驱使拼命倒退，

它已仰面倒地，马蹄在流尽鲜血的

士兵间猛蹬乱踢。

但他的目光已离开那里，

迷茫地向别处挪移⋯⋯这迷茫的

目光停在墙上，墙上挂着的是，

两具赤裸的尸体，活像两个世界⋯⋯在亚洲人

组成的阴影里，一具面对

另一具⋯⋯一个棕色皮肤的青年，

从杂乱衣物间挺起身躯，她，

她，一位纯洁的母亲，庄重年轻的女性，

圣母马利亚风姿如玉。那双可怜的眼

很快就辨认出她：但这双眼不敢冒犯，依然听任

无能为力之感摆布。罩住这双眼的，并不是

阿雷佐静静的山丘上飘移的

山间薄雾⋯⋯一束光

——啊，确实并不比另一束光

缺少甜蜜，而是更加崇高无比——

在虔诚歌颂圣母的时刻

从圣人所在之处的太阳发出。

夜幕降临，慢慢下沉，

沉入入睡的时刻，这没有星光的

深沉黑夜，将科斯坦蒂诺

包围，越出无边无际的大地，

像谜一样温馨静谧。

风渐渐平息，此前的微风，仍然留下

它的一丝气息，像已经

没有生命，在一动不动的榛树间飘移。

或许，那是昆虫的嘶哑鸣叫，

随着令人沮丧却又猛烈的阵风，

飘进敞开的楼阁，

在失眠者制造的声音中间传播，或许，那是

吉他弹出的诗句迟疑不决……

但在这里，奶白色的帐幔竖立，

其上是一个塔尖，帐幔内十分朴素，

有的只是睡梦中的色彩

迷离：他在自己的小窝中熟睡，

像一座小山白色的山脊，

这平静的梦中大帝

使神圣的宁静也感到惊异。

在泡沫般的翻腾中，这卑微的游移模糊的
目光同这里的平静抗争对立；这目光此时
已显出听天由命之意，偷看是否有
逃离的时机，这里的轻微嗡嗡声
可掩护他的逃离，他偷看逃离后能否
回归日常的活动，能否再融入傍晚的
喧闹嬉戏。布尔乔亚们
如蜂群在他面前泡沫般翻腾，
他们在祭坛的杂物后面，用双手
比画，将那疲惫的脸颊
抚平，他们的脸上满是渴望的印痕
（这渴望十分强烈，使他们追随另一种
证明的足迹），这渴望使他们想成为
他们自己的过去的忠实证人。

停车场烦人的声响
泡沫般翻腾——在圣方济各教堂黑色的
墙砖下，在阳光远远投射的光
照亮的石铺地板上，

这地板已褪色迷离——这疲惫的声响泡沫般翻腾，

咖啡馆顾客已寥寥无几……

令人迷失的生活尽管在沸腾，甚至可以说

很快活，这生活的骚动之声

泡沫般翻腾，如果在这里生活

能回归原状该多好啊，但它一闪而过，

令人失望地闪过，逃进

只是幻影的尘世……

广场上，十四世纪的房舍

围成的圆圈中，听到的仅仅是

孩子们忧心忡忡的嘈杂声：如果你观察四周，

全是乡下孩子们的脸，

穿着认真打理的鞋子，这鞋一千里拉

也不值；然后是赛马场看台的

柱子和柱子上网状的铁丝，

使广场几乎成了牢笼监狱，

其间挤满欢蹦乱跳的人，

嘈杂之声到了傍晚更加狂乱不羁，

这一大群小鸟失望迷离……

啊，外表，像是乡村宗教庆典之夜

再次来临，内里，

是怀旧的伤口再次开裂！

这些地方，迷失于

意大利的乡间腹地，这里

恶依然沉重压人，善也如此，而孩子们

天真的热情泡沫般翻腾，年轻人

受伤的心灵依然刚毅，他们的心灵没有

因难以启齿的性的演练

而过分狂热，没有因世上

日常的邪恶而过分狂热。如果说这些心灵

充满古老的正直，这些人依然是

有某种信仰的信徒——他们行动中的

那种可怜的激情，

使他们沉浸于无法回忆的嘈杂声里——

这生活的泡沫般翻腾的嘈杂之声

会更高昂更有诗意。

最盲目的性的痛惜

不是别人的感觉，是他自己的陈旧狂喜。

2

三种顽念：作证、爱、赚钱——可怜的回忆——知识的
财富——思考的特权

令人迷惑的蓝色翁布里亚，

处处是阳光闪烁的河流以及伸向天际的

山脊上耕过的田地，它们如此纯洁

甚至可以伤人角膜，在这个大区的

地平线或者面向明亮

海湾的谷地，你，无知的

汽车——所以我只不过是你的皮革外罩中

沉重的乘客——还有你，开车的司机，

我就在你身旁落座

——谈到这些时，你是那么内行甚至有些吹嘘——

你见过太多的生活……某件事，

它好像孤立，混合着甜蜜和怨恨，

以及令人吃惊的热情和令人不安的

烦恼，不知不觉中已在你们面前发生。

此事发生之时一种可怕的破坏

已经完成，尽管这里充满欢乐。

焦急的是我。因为，这是一个无能为力者，

一个盲人，一个因视觉过敏而被囚禁的

囚徒，这个人的烈火使他感到

好像来自另一种生活，他对此

只有怜悯或者说同情！对于一个

陷入颓败的人来说这并不恐怖，

这颓败使他付出了他的年华和纯真的激情！

或许只有一张脸，在燃烧，在这些

破衣烂衫中，这张脸

使全程有色有声，这烈火点燃一种渴望——这渴望表明——

他想要作证。正是这信徒般疯狂的

觉醒使不觉醒者生活中的节日

显得一成不变，那是孩童般幼稚的

人群，他们躲躲闪闪，他们的脸

热情地笑对山丘上建筑物的

阳台，笑对河旁的空地和旁边的

乡舍以及千年的葡萄园……

于是，在这个世界上，

说不清道不明的爱的清新时刻

让人陶醉高兴，但愿这样的时刻成为永恒，

但愿日常事物之光

依然沉浸于它的纯洁之中。

啊，或许一起燃烧——想要作证的

这古老的焦虑组成的

薪柴在燃烧——使躯体灼热，

在这欢乐景色中的每一种

声音中，躯体都能听到对爱的称颂，

在所有举动中都能看到爱——一个漂亮青年

以其崭新躯体

一进一退的举动——这是爱的举动……

这就是爱——感官的不顾一切的

渴望，清醒的歇斯底里——这爱将金色头发

和褐色躯体铸于斜坡，

铸于丛林和沟渠，隐入午后的

艳丽阳光

和傍晚阴影的漩涡。

这样的爱

点亮了面庞，像涂上一层

橄榄油或石榴红，面对擦着地面的阳光

闪亮——尚无胡须

或者刚有一些软毛呈现——愉快地

口哨连连……或者是

将认真理过发的头仰对青天，

亲切地转向对方高兴的双眼……或者是

一只手挑逗地随意放在女人的腰间……

这就是死亡看到的爱，在每条干涸的

河旁，在岔路口的

每条路旁，永恒的死亡在路口盘旋，

死亡在高兴的青年之间奔忙，死亡

最终还是会消亡……

*

因为另一件事更让心焦灼：

这也是烈火，对此，我这个

卑微的人不想论说：像谈论一种

十分深沉而神秘的痛苦，说它

深沉而神秘是因它不可细数，

它本身就蕴含着我们的种种痛苦。

愿望无非就是能够依靠面包

生活，至少是面包，再加一点点快乐。

但没有生命的焦虑令人窘迫，这焦虑

在人的生活中更为鲜活……多年失业的悲惨

夺走了我多少

生存年华，成为一个抱着顽强希望的

慌乱迷茫的牺牲品。多少生存年华

每天早上在饥饿的人拥挤的汽车站

流失，从一个可怜的家，这个家

远在郊区，前往一个可怜的学校，

这学校远在另外一个郊区：这样的辛劳

只有被掐住脖子的人才能接受，

每一种生存方式都与他为敌。

咳，七点钟那辆破旧汽车，停在
雷比比亚 ① 汽车站，两边
是两座破房，一座小楼，只有
冰冷或闷热的气息……
天天乘车的那些乘客的
脸，像刚从令人伤心的兵营
出来的人，在伪装的布尔乔亚的
生气活现中透出些庄重和严肃，
这生气活现掩饰他们的艰苦，以及他们
这些正直的穷人那古已有之的胆怯局促。

是他们一大早就在
阿涅内河边 ② 绿油油的
豆田之间奔波，唤醒垃圾的臭味，
耗尽一天的黄金时刻，

---

① 雷比比亚是罗马东北部近郊的一个街区，建有监狱，监狱即以"雷比比亚"
命名。帕索里尼离开故乡初到罗马时曾在这一带居住，现在这一带虽然已属于
近郊，但这一监狱并未搬迁。（如无特别说明，脚注均为译注。）

② 阿涅内河是穿越罗马东北部的一条河流，注入台伯河后入海。

一束纯洁的光照射,

像神圣的目光,射向一排排破旧房舍,

暖洋洋的晴空下这些拥挤的房舍更显落寞……

在建筑工地间的窄路上

上气不接下气地奔波,旁边是燃烧的田野,

以及长长的蒂布尔蒂纳大街①……一队又一队

工人、失业者、小偷,从依然沾有油污

和汗味的床上

爬起——他们在床上睡在

孙子脚下——床放在满是灰尘的

肮脏房间,像破车一样歪斜却也可爱……

这片郊区划分为

完全相等的几片,它们沉浸在

十分温暖的阳光下,周围是荒废的洞穴②、

破败的河堤、小工厂和破旧的茅舍……

---

① 蒂布尔蒂纳大街是罗马一条重要大街,在近郊与雷比比亚大街相交。

② 亚平宁山脉有很多火山,这些火山规模不大,早年喷发后形成很多洞穴,这些洞穴就在地表,有大有小,有的被人们用来养猪,也有的住人。早年偏僻地带的洞穴常有匪徒出没。罗马附近有很多地方就以某某洞穴为名。

*

在这个人们甚至对贫穷

都没有知觉的世界，

我却快乐、坚强，没有任何信仰，

我富有，我拥有财富！

这不仅是因为我的布尔乔亚的庄重，

这庄重体现于我的衣着和我的举止，

它们也充满活生生的烦恼和压抑的激情：

而且还因为我对我的财富

并非感知清澄！

成为穷人只是由于我遇到的

偶然事件（或是一场梦，或许是，以上帝名义

抗议的人无意识地看破红尘……），

但图书馆、画廊以及学习研究的种种手段

属于我：在我那生来就

趋向激情的灵魂深处，

完全拥有的是圣方济各，他在那些

复制品中闪闪发光，以及圣塞波尔克罗的壁画，

蒙泰尔基^①的壁画：全部都属于我，

这几乎是理想的财富的象征物。

如果是如下这些大师所爱的题材，

比如隆基或孔蒂尼，那就是一个单纯的、

因而是出众的学生的特权……确实，这一资本

现在已差不多全部耗尽，

这是一无所有的状态：但我像这样一位

富翁，如果他丧失了家产或田地，

但在他内心，对这些已习以为常：

他依然是它们的主人……

公共汽车抵达波尔托纳乔^②，

在维拉诺公墓^③墙边，

---

① 圣塞波尔克罗是阿雷佐省的一个市镇，是托斯卡纳、马尔凯、翁布里亚和艾米利亚—罗马涅四个大区的文化交汇处。蒙泰尔基也是阿雷佐省的一个市镇，该市镇因有意大利画家弗朗切斯卡的壁画《临产圣母》而出名。

② 波尔托纳乔是罗马市的一个街区，在市区的西南部。

③ 维拉诺公墓即罗马市内的外国人公墓，于1807年建立，也叫"新教徒墓地"，因埋葬着许多英国人又被叫作"英国人公墓"，意大利人则称其为"非天主教徒公墓"。公墓的2500多个坟墓中长眠着很多名人，比如英国著名浪漫派诗人雪莱和济慈。意大利共产党创建人和领导人之一的葛兰西死后也葬在这一公墓。

他必须下车，快速跑过

挤满人的小广场，

争着搭上有轨电车，

这电车半天不来或者在你眼皮底下开走。

他在站台棚子下又开始思考，

这里挤满老年妇女和肮脏的年轻人，

他看着平静街区的这些大街，

莫尔加尼大街①，博洛尼亚广场，阳光下

泛黄的没有生气的树木，一段段城墙，

新大楼，破旧的小别墅，

城市的嘈杂混乱，在早晨白晃晃的

阳光下，城市疲累阴沉令人厌恶……

---

① 莫尔加尼大街是罗马市内一条以意大利解剖学家乔瓦尼·巴蒂斯塔·莫尔加尼
（1682—1771）命名的大街。莫尔加尼大街和博洛尼亚广场距维拉诺公墓都不远。

*

啊，屈体敛神，苦思冥想！

自言自语，是的，现在我在思考——坐在

一个座位上，身旁是那扇亲切的小窗。

我能思考！眼睛发烫，脸发红，

维托里奥广场 ① 的草地灼眼，

在这黏腻的、透着贫困气息的早晨，

炭火的味道使贪婪的

嗅觉失灵：可怕的痛苦

重压心头，于是我重新回到生活之中。

这穿着人的衣服的幼崽——一个孩子

被赶出来独自闯荡世界，

身披长袍带着他的一百里拉。

我这个可笑又勇敢的人前去工作，

我，也要为活命奔波……诗人，我是诗人，

---

① 维托里奥广场是罗马市的一个以意大利国王维托里奥·埃马努埃莱命名的广
场，坐落在中心火车站一侧，拐弯不远处即是维拉诺公墓。现在，广场外街道
上的商店大多由华侨和华人租用，已成为罗马有名的"唐人街"。

但这时我坐在这列火车上，

雇员们令人伤心地挤上列车。

我这个诗人累得脸色发白，像一个笑柄，

不得不为我的薪金而大汗淋漓，

为我的虚假的青春的尊严奔波，

为摆脱贫穷而斗争，由于贫穷我内心卑微，

由于贫穷我自卫抗争忍受折磨……

但我在思考！在那个可爱的角落思考，

半个多小时的整个行程中我一直沉浸于思考，

从圣洛伦佐 ① 到卡帕内莱 ②，

再从卡帕内莱到机场 ③，

我一直在思考，无休止地反复思考，

只为一句诗，只为一小节诗而推敲。

---

① 圣洛伦佐是罗马的一个小广场，在维拉诺公墓的一角。

② 卡帕内莱是罗马的一个街区，在市区东南。

③ 即钱皮诺机场，在罗马以南一个名为钱皮诺的小镇上，至今仍在使用。帕索里尼刚到罗马时曾在这一小镇教书。当时，从罗马到钱皮诺镇有小火车，帕索里尼在这个镇教书时需先坐市内公交车，然后换乘火车到钱皮诺镇，因此文内有"但这时我坐在这列火车上"的诗句，文内提到的圣洛伦佐、卡帕内莱等都是这列火车所经过的车站。这种由罗马市通往近郊城镇的火车称为"地方火车"，有好多条。随着小轿车的增多，这些短途火车逐渐被淘汰，铁轨也被拆。

多么美妙的早晨！没有一个清晨

与之相同！现在一丝丝细细的

雾带，漫无目的地掠过输水渠道①，

在它的墙体和小道间飘摇，墙下处处是

像犬舍一样的矮小房舍，

小路被抛弃，一片荒凉萧条，

这水渠只为这些可怜的穷人效劳。

现在阳光灼热，照着夹杂洞穴和坑洼的

草地，绿色从柯罗②画的乞丐身边延伸，

一派巴洛克风格的天然气氛；现在一丝金色的

风吹过小路，小路上跑过一群马，

褐色后臀令人着迷，马背上

是一些好像更年轻的青年人，他们不知道

在这个世界上阳光裹着他们。

---

① 古罗马时期由于市内缺水，从公元前四世纪开始陆续修建了十四条水道，最
长的马尔乔水道长达九十一公里。不少水道是高架水道，以横向拱门连接，既
确保水可自流，又节省大量建筑材料。"二战"后意大利经济恢复时期，较落
后的南方大量劳动力流向经济较发达的北方和罗马等大城市，这些贫苦劳动力
利用已丧失功能的古水道的墙柱等建起简易住房居住，文内所说的"这水渠只
为这些可怜的穷人效劳"指的应该就是这一社会状况。

② 让-巴蒂斯塔-卡米耶·柯罗（1796—1875），法国画家，创作上从古典传统
的历史风景画发展到现实主义风景画。

3

罗马的诗意再现

上帝啊，地平线上闪烁的

那静静的帐幔是什么……

这里的原野布满苔藓——

血色般的玫瑰，从山坡下延伸到

令人神魂颠倒的海上波涛之间……

浓雾中隐约可见的火焰

在跳动，使韦特拉拉[①]

到奇尔切奥[②]的原野很像非洲的

沼泽地，这沼泽地在一棵枯死的橘子树前

散发出它的气息……这是疲倦的人构成的迷雾，

像肮脏的雾霾，缠绕成

---

① 韦特拉拉是维特博省的一个市镇，在罗马西北。

② 奇尔切奥是罗马以南的一片地区，多山，西面是大海，这一地区包括了拉蒂纳等省的好多个市镇。

一些白色的条带，这条带起伏波动，

结成一个个绯红的团块：远处是亚平宁山的山谷，

在高高的堤坝间，面向雾蒙蒙的农业地带 [①]

和大海：可是，在波浪细碎的黑色海面上，

撒丁岛或加泰罗尼亚 [②]

几乎像石棺或麦穗漂浮于大海，

多少世纪以来它们在水面上

像烈火一样燃烧，这水面

使它们像在梦中，而不是在镜中，它们

在飘移，像是要合力将它们

那依然燃烧的每一块木柴淹入大海，

将城市所有洁净的炭火盆或被烈火吞噬的

小屋掀翻，将拉齐奥 [③] 空中雾霾

笼罩下的原野变成一片苍白。

一切已如一片烟雾，在这场烈火的

废墟中，如果你听到朝气蓬勃的

孩子们的呼唤你会吃惊，

① 即罗马市郊的农业地带，从台伯河入海口向南到普雷内斯特山、阿尔巴尼山，向西至海边，盛产蔬菜水果和葡萄酒。

② 撒丁岛是意大利特别自治区之一，加泰罗尼亚则是西班牙的一个自治区。

③ 拉齐奥是意大利的一个大区，在意大利中部，其首府是罗马。

这呼唤从牛棚间传出，你也可能听到

嘹亮的钟声，这钟声从一个农庄

传向另一个农庄，在起起伏伏的

荒凉小路上奔趋，从萨拉里亚大道 [①]

——它像悬在天空——可以隐约看到这些小路，

这钟声跟着悲伤燃起的怒火传播，

消失于无边无际的凋敝荒墟。

因为它的怒火像失去血色一样

苍白，给这里的神秘带来更多焦虑，

在这里，燃烧后的粉色灰烬形成一个

几乎像苍天般的大帐幔，在这个帐幔下

罗马孵化出它的模模糊糊的街区。

---

① 萨拉里亚大道是古罗马时代建造的由罗马通往帝国各地的大道之一，其名称
的意译应该是"海盐大道"，由罗马市中心通往东海岸的里米尼市，可将海盐
运到罗马。

4

罗马之夜——走向卡拉卡拉浴场 [①]——性，苦难的安慰
剂——我对财富的欲望——夜的胜利

在罗马的街道上，人们乘坐无轨

或有轨电车返回时，你要

去哪里？如此匆忙，如此固执，像是

在别人归家的时刻一份工作

在耐心地等着你？

这是刚吃过晚饭的时刻，风儿

含着深重的贫困气息，

弥漫于千家万户的厨房，以及

路灯照亮的长长街道，

星星窥视这些街道时更加清晰。

资产阶级住的街区，平和静谧，

[①] 卡拉卡拉浴场是古罗马时期修建的大浴场之一，是古罗马浴场中最为豪华的
一个，现已废弃，但很多建筑物依然屹立，成为一个著名的游览景点。

街区的每个人都高兴满意，

尽管并不张扬，人们希望一生中

每一个晚间都如此平和惬意。

啊，要判然不同——在一个依然存在过错的

世界上——意味着不能纯真而不怀心计……

出发，你沿着通向台伯河大街

那条大路的阴暗弯路向下走去：

这时，城市停滞不前，一片混乱，

像是从久远的泥沼中刚被挖出

——让人享受快乐，这个人像一个

挣脱死亡和痛苦后再多赚了一天的人——

你脚下就是整个罗马的街区……

我向下走，走过加里波第大桥，

沿着护墙前行，

指关节擦着墙上光溜溜的石头的表皮，

这是温和的夜间，悬铃木

构成的拱形下

一派温和气息。铺路石

排列呆板，对面，苍白的

天空下，是黄色房舍的顶楼，

在铅灰色中显得平淡无奇。

我边走边看，走在像骨头一般

破损的铺路石上，或者更应说是感受着

乏味和陶醉——因古旧的星状装饰

以及传出嘈杂声的窗子——

这是天天相见的熟悉街区：

阴郁的夏季给它镀上金色，

湿漉漉的气息，肮脏的霉味中，

风从拉齐奥地区的草地吹来，

吹向街道的车辙和房子的迎风墙壁。

炎热，是如此无孔不入，

这无边无际的炎热中，

就在下面，大墙散发着恶臭：

从苏布利乔大桥到贾尼科洛山 ①，

这恶臭同生活的陶醉气息融合，

这生活其实难以称为生活。

---

① 贾尼科洛山是罗马市区的一座山丘，一条弯弯曲曲的小路直达山顶，是居高
临下观赏罗马市区风光的最佳地点之一。山顶广场有意大利民族英雄加里波第
将军的骑马铜像。

杂乱的踪迹表明

从这里走过的是桥上的老醉鬼，还有

老妓女，一群匆匆忙忙的

丑姑娘：这是人的杂乱的

踪迹，从人类的角度说这是被玷污者的踪迹，

这些踪迹在述说，强烈又平和，

述说这些人的低级却纯洁的

快乐，以及他们那可怜的追求目标。

                              *

年轻的朋友们

向卡拉卡拉浴场走去，骑着

鲁米或杜卡迪①，带着

男性的腼腆和无耻下流气，

裤子温暖的褶皱

将冷漠悄悄藏匿，或者暴露出

他们那个东西勃起的秘密……

头发蓬乱，身穿年轻人喜欢的颜色的

毛衣，他们打破夜间的

静谧，走走停停，转来转去，

夜的这些光彩照人的主宰者，

他们将这深夜占据……

他向卡拉卡拉浴场走去，

直挺起上半身，像立在亚平宁山

一个突出的山坡，他走在羊肠小道间，

小道散发着千百年来走过的牲畜的味道，

—————————————

① 鲁米和杜卡迪是两种摩托车的品牌。

以及柏柏尔人①乡村纤细尘埃的味道——在满是灰尘的

笨拙的巴斯克帽下他是那么狡黠矜骄,

双手插在大口袋里——这个十一岁的

移民牧童,在这里,一副无赖相而又乐陶陶,

脸上带着罗马人的那种微笑,依然像

红色鼠尾草、无花果和橄榄树那样温暖美好……

他向卡拉卡拉浴场走去,

他是一个年迈的家长,一个失业者,

弗拉斯卡蒂②的烈酒使他变成

一个呆头呆脑的傻瓜,一个该死的家伙,

他的身体已经被毁,

被击成碎片,废铁般嘎吱作响,

像那些垂死的老者:粗布衣服,像一个大口袋,

装着微微驼背的脊柱,

两条大腿当然是伤疤处处,

破裤子在他那肮脏的

---

① 柏柏尔人是北非的民族集团,系北非土著民族。语言属非亚语系柏柏尔
语族。他们至今仍保留自己原有的语言和生活方式,名字来自拉丁语中的
"barbarus",意思是"野蛮人"。

② 弗拉斯卡蒂是罗马省的一个小镇,在罗马以南的山区。

纸做的大袍子下

随风飘舞。他的脸上

带着笑意：两颊之下，消瘦得只剩骨头的嘴

在咀嚼着词句，磨磨叽叽：

他在自言自语，然后突然停止，

用纸卷起捡来的烟蒂抽出的烟丝。

他骨瘦如柴，青春年华

完全停止，在鲜花间停止，像一个

大块头被困箱中或盆子里：

从未出生的人不会死去。

他们向卡拉卡拉浴场走去

....

*

性，苦难的安慰剂！

妓女是女王，她的宝座

是一片废墟，她的国土

是布满粪便的一块草地，她的权杖

是一个红色的小手提包提在手里：

她在夜间像母狗一样狂叫，疯狂下流，

像一个古代的母亲：捍卫

她占有的一切和她的生活。

周围，是一些皮条客，他们

成群结伙，傲慢但又沮丧，留着

布林迪西人 ① 或斯拉夫人的胡子，他们

是头领，是摄政王坐着元首的交椅：他们

静静地眨眼示意，用暗语交流，

在夜间做成交易，那是

一百里拉的交易：这个世界，与他们无关，他们的

四周悄无声息，就这样他们被排斥世外，

这些默不作声的贪婪的恶棍地痞。

---

① 布林迪西是意大利东南部普利亚大区的一座城市。

在世界上这个垃圾堆中，竟诞生了

一个新世界：在再也没有法律的地方

产生了新法律；在荣誉就是无耻的地方

产生了新荣誉……

产生了强权和贵族，

凶横野蛮，遍布杂乱的茅舍之间，

遍布你以为越过城市边界的

广阔地区，在这里城市却再次

重现，满是敌意，城市成倍

扩展，有桥梁、

迷宫般的街巷、挖出的大坑和建筑工地，

就在海浪一般排列的摩天大楼背后，

这些摩天大楼遮住了整个天际。

可怜的穷人

在不费分文就可做爱的欢乐中才感到自己是人：

生活中信心倍增，甚至鄙视

过着另一种生活的人。

儿子们敢于冒险闯荡，

他们确信生活于属于他们的世界，

这个世界害怕他们，害怕他们的性活动的张狂。

他们的怜悯同情在于铁石心肠，

他们的力量在于不费气力，

他们的希望在于不抱希望。

*

我也向卡拉卡拉浴场走去，

边走边想——用我的陈旧的、

我的绝妙的思考的特权⋯⋯

（使我内心能思考的依然是一个上帝，

一个迷茫、软弱、幼稚的上帝：

但他的声音是如此仁慈，

几乎可成为一首歌曲。）啊，必须

摆脱这贫穷苦难的监狱！

必须摆脱焦虑，

这焦虑使这些一成不变之夜如此欢愉！

因某种东西使焦虑的人和不知焦虑的人

结为一体：人都有卑微的欲望埋在心底。

最迫切的是，要有一件洁白的衬衣！

第一位的是，要有一双好鞋子，

一套服装整整齐齐！要有一处房子，就在

不会有苦难的人居住的街区，

应该是一套成套的房子，在阳光最好的一层，

有三四个房间，一个阳台，

阳台不特意装修，但要有玫瑰和柠檬树⋯⋯

只要还剩一把骨头，我仍会有我的梦想，

这梦想能使我在整个世界上驻足，

我生存于这个世界几乎仅仅是一眨眼的工夫……

我梦想，我要有自己的房子，就在贾尼科洛山上，

面朝潘菲利别墅公园①，一片绿色延伸到海上：

要有一个顶楼，充满阳光，

那是罗马古老而又总是崭新的阳光；

在大平台上，我要建一个玻璃房，

挂着深色的窗帘，用极细的线织成：

在玻璃房的一角，我想放一张小桌，

特意让人给做的小桌，很轻很轻，有上千个

抽屉，每部手稿各占一个，

为的是把我的灵感分门别类分开

不至于相互混淆……

啊，在我的生活和工作中，

要井井有条，要有一点愉快美妙……

我想用几把凳子和几张椅子把四周环绕。

另有一张古色古香的小桌，一些古色古香的画作，

---

① 潘菲利别墅公园是罗马市内的一个大公园，在贾尼科洛山南边，公园绝大部分保持自然风貌，有丘陵、谷地、湖泊、小溪、公路。园内的别墅建于十七世纪中期。

是那些可怕的风格主义画家的作品，

金色的画框，同玻璃房抽象的

立柱形成对照……

在卧室（一张简单的

大床，碎花床罩，

卡拉布里亚或撒丁岛女人织成），

我要挂上我收藏的

我仍然喜欢的画作：在我的齐盖纳①

旁边，我想挂一幅莫兰迪②的杰作，

一幅马法伊③四十年代的作品，一幅德皮西斯④的画作，

罗萨伊⑤的一幅小画，古图索⑥的一幅大作……

·····················

---

① 朱塞佩·齐盖纳（1924—2015），意大利新现实主义画家、雕塑家，弗留利人，与帕索里尼是同乡，两人在博洛尼亚大学学习时就是好友，他们的友谊一直持续到帕索里尼去世。

② 乔治·莫兰迪（1890—1964），意大利画家，生于博洛尼亚，1930—1954年在博洛尼亚美术学院任教，教授蚀刻画。

③ 马里奥·马法伊（1902—1965），意大利画家。

④ 菲利波·德皮西斯（1896—1956），意大利画家、作家。

⑤ 奥托内·罗萨伊（1859—1957），意大利画家。

⑥ 雷纳托·古图索（1912—1987），意大利画家。1938年成为反法西斯的艺术团队的一员，是社会现实主义的代表人物。

*

橘红色的废墟垛堞，

夜间闪现出一片亮色，

那是火山石磨出的灰浆的颜色，

是轻浮石筑成的城堡的颜色，

它们在天空下的野草间陈列：下面

更显得空空如也，卡拉卡拉浴场

在温和的月光下闪烁，

面对没有一根草的褐色平地，

以及零零星星的荆棘：一派衰败气息，

这气息在落满灰尘的卡拉瓦乔式圆柱

和排列成扇形的白色石块间传递，

乡间月光的彩虹

将一切照得朦胧迷离。

从空旷的空中，像沉重的影子，

走下来的嫖客，是来自普利亚或伦巴第[①]的

士兵，或者是台伯河大街的年轻人，

都是被孤立的人，他们成群结伙行动，低处广场上

---

① 普利亚是意大利东南部的一个大区，伦巴第是意大利北部的一个大区。

站着一些女人，她们黝黑，瘦弱，

像夜风吹着的破布条，

她们大声喊叫，脸色发红——有肮脏的

小姑娘，不怀恶意的老太太，还有一位

母亲：附近就是市中心，

电车的隆隆声和一束束亮光令人心惊，

她们在她们的该隐环^①中，

勾引那些穿着肮脏僵硬裤子的人，

那些推推挤挤的古怪任性的男人，那些在

垃圾堆和露水中轻蔑地东奔西走的男人。

---

① "该隐环"出自但丁的《神曲》，但丁在这部著作的《地狱篇》中将惩处生前
有罪之人的地狱分为九层，前六层每层仅一环，第七层到第九层分别为三环、
十环和四环，该隐环是第九层的第一环，叛卖亲属者在这环接受惩处。

5

圣米凯莱大街的另一夜——罗马游民无产阶级的财富

　　欲望——新剧院放映《罗马，不设防的城市》

我是这种低贱贫穷状态的

见证人和参与者，我沿着

珊瑚色的堤坝返回，

内心焦灼——仰着头

渴望知道，急于了解，

这渴望在生活中永无完结，

尽管这生活也热烈，

但生活总是反反复复的单调，

充满重返贫困和盲目感受的欠缺……

好像罗马或全世界是在这个

一成不变的傍晚起航，在这千年的

味道中，我沿着这陡坡游荡。

不安分的台伯河面对的是

肮脏的兵营，赤陶建筑的

高傲街区，曾有辉煌建筑的广场，

这些建筑有的已成为不再神圣的

苍白的巴洛克式教堂，

有的现在是一个小小的库房，在黑洞洞的

胡同里，灰尘、月光、陈旧衰败和

渎神的气氛笼罩着一层白光——

软骨病人踏着铺路石发出单调的声响。

我来到圣米凯莱大街，路过低得

几乎像暗堡的矮墙

和洒满月光的碎石铺的广场，

月光像照在破碎的河卵石上，露台上

一棵石竹花隐约可见，

也可能是一棵芸香，几个身穿便衣的

小姑娘正给它浇水：沉闷的空气中

她们那囚徒般的声音

在凝灰岩建的墙之间传播，墙上的

门像黑洞，此外就是破烂不堪的小窗。但也传来

一些年轻的男孩子的粗野喧嚣叫嚷，

他们刚看完头场演出返回家，背心

和破衣服在瘦弱的腰间

随意飘荡……他们在住家下面的

小广场驻足，围在已无顾客的咖啡馆门外，

或者在更远的地方，围在破车

或成排的锈迹斑斑一动不动的卡车旁，

那里月光较亮，使黑暗的小胡同更像

张开的大口——或者是小胡同的路灯稀少，

灯光刚刚能照亮，一块歪歪斜斜的轻石

隐约可见，它像被剔去了骨头，

轻得如泡沫般绵软，此外就是那些鼓着包的矮墙，

上面是雕凿过的砌石和圆花窗；

天空将它那无法理解的魅力

映照于这个墨西哥式的街区上方，

带着像苹果皮味道的清新薄雾，

映照着吵吵闹闹卑微地欢度

这傍晚的无产者们居住的破房。

*

我观察这些人，他们有教养彬彬有礼，

他们的生活与我的相异：他们是

极不相同的历史的果实，他们几乎像

兄弟一样，以罗马最近的历史方式集中于此。

我观察他们：所有的人都是一种神情，

就像手持大刀打瞌睡的

骑马放牧的牧人：在他们活命的汁液中

充斥着强烈的愚昧无知，

像贝利[①]诗作中的教皇在发怒，

穿的服装不是绛红，而是晦暗的辣椒红，

像烈火烧灼的红土。

再下来是他的内衣，单薄肮脏；眼中

露出讥讽，透露出他的新鲜、泛红、

不便言传的灼痛。傍晚使他们

铤而走险，几乎都是在僻静处，

---

① 朱塞佩·贾吉诺·贝利（1791—1863），意大利诗人，诗作多描写罗马市民
  心理和社会生活的庸俗、腐败、贫穷，揭露罪恶、迷信和社会阶层间的对立，
  反映下层民众的呼声。

胡同、墙头下、过道，静静的小窗下，

都是他们的去处。

当然，他们的第一位的挚爱

是渴望获得财富：这欲望肮脏，

像他们那从来不洗的四肢，

这欲望深藏同时又外露，

没有任何羞耻感：像猛禽一样不知羞耻，

不声不响捕获猎物享受口舌之福，

也很像野狼和毒蜘蛛；

他们像吉卜赛人一样渴望金钱，

像雇佣兵，像妓女：如果缺钱

他们就埋怨，运用卑鄙的谄媚手段

谋取财富，如果钱包装满，

他们就像看了普劳图斯①的喜剧一样高傲自负。

如果他们工作——黑手党式屠宰场的仆役，

凶狠的抛光工，不男不女的商店伙计，

无赖似的电车工人，瘦弱的摊贩，

像狗一样听话的工场小徒弟——他们

依然是满身惯偷习气：

---

① 普劳图斯（约前 254 —前 184），古罗马剧作家，相传写有 100 多部喜剧。

祖传的极度狡诈流动在血管里……

他们从他们母亲的子宫生出来，

在街头或史前时期似的草地

汇聚，他们被登记到一个

每一段历史都忽略的登记册里……

他们对财富的欲望既有匪帮气又有高贵气息，

同我对财富的欲望相似。每个人都想着自己，

都想赢得日思夜想的赌注，

都想说："赢了！"带着国王一样的会心笑意……

我们的欲望同等狂热：

在我是唯美的，他们的则混乱无序。

同一个等级的感觉既可属于

一个讲究的人，也可属于

游民无产阶级：两者都在历史之外，

都处于同一个世界，这个世界除通向

性和心的道路外别无出路，

除感觉至深外别无至深之物。

在这个世界喜悦是喜悦，痛苦是痛苦。

*

面对一幅磨损的大广告

我的心跳得多么猛烈……我走近它，仔细观看，

它早已陈旧褪色，画面上女英雄是

鹅蛋脸，满脸热情，那个穷人的男英雄

脸色凄楚苍白，这幅电影广告早已丧失光泽。

我马上走进影院①：里面的声响使我激动，

我被迫在回忆中颤抖，

使我举动中暗含的自豪消磨殆尽。

我进入影院，已是最后一场，

这里毫无生气，都是些阴郁的人，

他们是亲戚，朋友，散乱于观众席，

隐没于阴影中，明显分为几个白色的圈子，

隐没于清凉的隐身之处……

开头的几个画面立即

让我心惊，将我征服……心脏

---

① 当时意大利的电影院每天只放映一部影片，放映完后休息几分钟从头再放。
观众购票后在放映期间可以随时进出，不对号落座，只要有空位即可坐，落座
后可以反复看几场，并无限制。

不停狂跳。我来到记忆的

幽暗胡同，来到神秘的房间，

在那里躯体已是另一个人，

过去的时日让他泪流不止……

毕竟长期的习惯使我已了如指掌，

在我心里脉络一清二楚：看……这是卡西利纳①，

罗西里尼描绘的城市的城门

凄凉地面对这条大路……

看，这些新现实主义影片史诗般的场景，

电话线，铺路石，松树林，

泥灰层脱落的矮墙，忙于日常事务的

不可思议的人群，

纳粹统治下的黑暗阴郁气氛……

玛尼亚尼②的尖叫，几乎已成经典，

在乱蓬蓬的头发间发出，

响在那些饱含绝望的摇镜头中，

在她那生动却又无声的双眼中，

---

① 卡西利纳是罗马市的一条大街，在市区东南部，由市区同名城门一直通往环城路之外的近郊区。

② 安娜·玛尼亚尼（1908—1973）是意大利电影女演员。1945年主演影片《罗马，不设防的城市》，饰演弗朗西斯科的未婚妻碧娜。

悲剧的意味更显浓重。

现代正是在那里分化、肢解，

诗人们的歌声哽咽。

6

情感的教育——抵抗运动和它的明媚之光——眼泪

我是谁？这部影片反映的是一个

已如此可悲的不合情理的时代，

值此之际我的出现有何意义？

我现在对这个时代不能剖析，但是

或迟或早我必须对它深入解析，

直至得到最终的慰藉……

我知道：我刚刚诞生于

这样一个世界，年轻人的奉献

——他像母亲一样善良，

不够谨慎而又急躁，极度的

腼腆胆小，对理想之外的任何事

不知道守秘沉默——令人泄气地

成为令人反感的言行的代号，

神圣却显得可笑。这奉献注定

会被视为不守本分：因为年龄的增长

会使温和逐渐消磨，会使顽念如影随形难以摆脱。

如果我在热爱这个世界时

重新找到刺痛人心的纯洁，我拥有的

便仅仅是爱，赤裸裸的爱，没有未来的

爱。卓别林式的笑，太多地迷失于

这个世界的嘈杂中，太多地存在于

真正的悲伤造成的痛苦中……

这是投降。这是参与的、深刻但不主动的

思考带来的卑微的陶醉。

这是一个小小的发现，发现别的人

艰难度日时依然高兴欢畅：现实就是，

他们把贫穷又欢乐的地方看作天堂，

这天堂在河水奔流的河岸旁，在明亮的

山脉的山岗，在久远的饥饿

折磨的大地上……

这就是对伟大的感受，正是这种感受

在我们每一天最细微的行动中

使我感到难受而战栗：对他们那一成不变

反复再现的生活的认知

长久地存在于我心底，我心里

依然满是早已不新鲜的哭泣……

*

这不是爱。可是

我不把我的情感变成爱

是我的多大的过错？即使我能将

万分的纯洁、盲目的仁慈日复一日地贯穿于生活，

这依然是重大过错……温和也是令人反感的言行和动作。

但是，多年来我的感觉和才智受到强烈干扰，

但暴烈却是唯一可走的道路。在我四周，

体制的欺骗，必然有的幻想，所有这些的根源

仅仅是语言：一个孩子早期的忧虑，尚未成人就有的激情，

都已不够清纯，这样的语言对此无法表达畅叙。另外，

在这个国家

到青春期时我知道了除年幼时的欢愉生活之外的东

西——那是在乡下的故乡，对我来说那是无与伦比的神话般

的故乡——那便是

真正的混乱无序。来自语言不纯的乡下的

已经平庸的新资产阶级，

我觉得，它首次在欧洲崭露头角时

在纯正地运用表达方式方面

幼稚得简直令人忧虑，因为一个垂死阶级的

缺乏信义需要用疯狂和反复显示高雅

来润色补台：正是语言的不清晰

揭示了不自觉的、

不坚定的意志和情怀，

而自觉的意志蕴含于天赋和自由，

天赋和自由自然归属于风采。

*

就这样我来到抵抗运动 [①] 的时日，

除它的风采之外我对它一无所知：

这风采明媚无比，那是对太阳的

难忘的感知。它永远不能凋谢，

一刻也不能凋谢，就是欧洲

在死亡前夕颤抖时也不能消失。

我们用车拉着家什

从卡萨尔萨 [②] 逃往一个隐没在

灌渠和葡萄园之间的乡村：那是真正的明媚之光。

我弟弟离开了，在三月的一个静悄悄的

早晨，他乘上火车秘密出发，

手枪藏在一本书中：那是真正的明媚之光。

他在山上生活了很长时间，在弗留利 [③] 平原

---

① 此处的"抵抗运动"是指"二战"时处于地下的意大利共产党联合社会党、共和党的左翼和无政府主义者等开展的反法西斯斗争。

② 卡萨尔萨是弗留利的一个市镇。

③ 弗留利是意大利的二十个大区之一，全称为弗留利—威尼斯朱利亚大区，首府是的里雅斯特市，该大区是适用特殊法律的五个自治大区之一，位于意大利东北部，西接威内托大区，北邻奥地利，东部与斯洛文尼亚接壤，南临亚得里亚海，被称为"意大利的东方大门"。

阴郁的蓝色中，山间的黎明

几乎像天堂一般开启：那是真正的明媚之光。

在乡间农舍的阁楼上，我的母亲

总是茫然地盯着那些山峰，

她已意识到将是什么样的命运：那是真正的明媚之光。

我身后是杀气腾腾的通缉令，

我同为数不多的农民在一起，

过着令人感到自豪的生活：那是真正的明媚之光。

死亡和自由之日

来临，忍受苦难的世界

在这明媚之光中面貌一新……

这明媚之光是正义的希望：

我不知道这是什么样的正义：反正它叫正义。

这明媚之光同其他的光始终相同。

之后它开始变化：由明媚之光变成迷蒙的黎明，

这黎明在扩展，在弗留利的田野上空

蔓延，在渠道上空悄悄延伸，

照亮了展开斗争的雇工。

新生的黎明成为

这不朽风采之外的明媚之光……

在历史中正义是一种觉悟，

知道人以财富

来划分，这希望拥有新的明媚之光。

*

这是外表明媚的

粗暴强力创建的时代：

生生不息的悲剧之光。

诉讼法庭的高墙，草地上

枪毙人的刑场：罗马郊区

那一圈圈遥远的幻影

在亮光中泛着白光。

枪声响起；我们的死亡，

我们的苟且偷生：幸存的

孩子们在清晨刺眼的

色彩中前往远处一圈圈

高楼大厦间求生。而我，

在今日这个剧院的正厅，我的

内心深处像有毒蛇在蠕动：千万滴泪

从我躯体的每一处涌出，

从双眼到每个手指肚，

从头发根到胸脯：

这是无法度量的痛哭，因为在明白之前

它就已经涌出，几乎在疼痛之前

它就已奔涌而出。我不知道为什么

看到那伙孩子在令人不解的罗马

那刺眼的光芒下远去时

会有这么多眼泪令我痛苦。

罗马刚刚从死亡中浮出，

因白光中的奇妙欢乐而苟且偷生：

死亡充斥于壮丽的战后时刻

立即呈现出的命运中，那是短短几年的命运，

是整整一生值得记住的年份。

我看着他们远去：很清楚，

他们已经长大，他们走上

希望之路，这路就在废墟瓦砾之间，

掩映于白色亮光中，这是生活之光，

这生活几乎就是由性构成，在贫穷中是那样神圣。

正是他们在白色亮光中的远去

使我痛哭战栗：

为什么？因为他们的未来

没有光明。因为会再次陷入

艰苦疲累，重新陷入这种黑暗之中。

现在，他们已是成人：他们生活于

充斥着公然的腐败的

令人惊愕的战后年代中。

他们在我四周，这些可怜的人，

任何殉难牺牲对他们来说有如一缕空烟，

他们是时代的奴隶，在这些时日，

人们极为痛苦地发现，

我们为之而生存的整个

这束亮光，

对他们来说只是不合理不现实的

梦幻，现在它是孤苦、耻辱的眼泪之源。

致一位青年

（1956—1957）

在回到罗马的新岁月之光下你是

如此清新，新岁月使我们好像还处于他处，

还处于另外的时代的光照中，

这新岁月像是被毫无用处的风吹来，

这时，你带着年轻人的腼腆，天真得像是

不够怜悯，为自己、也为我们揭示了你的仪容。

你面带暧昧的微笑，夹杂着

以高兴掩盖着的腼腆和青涩，

你这样来到成年朋友中，极度

朴实，严格缄口沉默，坐下来

认真聆听我们嘲弄的议论，感受我们的激情。

你模仿我们，你同我们保持距离，

几乎是羞涩地敞开你那喜悦的心胸……

你喜欢这个世界！或许并非因为它崭新，

而是因为它就这样存在：你认为，由于
你是新的见证人，所以它甜蜜令人高兴……

你留在我们中间，拘谨了几分钟，
尽管你腼腆，你发了言，以十分高兴的声调，

饱含早熟的父亲般的智慧机灵。
你自豪，你显现了

你的年轻人的弱点，被当成笑柄你觉得受到了伤害，
在这个充满敌意的世界上成为笑柄不过是小事不值分
辩……

在恰当的时刻，你离开我们，返回
你那秘密光照下的早期时日：

对于这种光你肯定不能解释，
我们也不会想起，那是四月之光，

在四月的光下，觉醒的幼芽
刚刚触及生活，还触摸不到历史。

你想知道，从我们这里知道：尽管
你没有明说或只是默默祈求，你已感到孤独，

站了起来，眼含羞涩，或许是想提问，
心里显然已感到即使你敢提问也毫无结果，

如果你想知道我们在你眼中
曾是什么样，那你想要的就是，

我们时代的那些走向迷途的黑夜
符合你的想象，你的想象力非凡，

这想象力由于非凡而成为生活的一部分，这种生活实际是
我们让失望的年轻人在受害的祖国虚度时光。

你想知道在无声的畏惧和不成熟的行动中
——在废墟、荒凉的道路和阴森的牢房里——我们

是什么形象，在你看来这形象已很遥远。
你想知道，你幼稚的脸满面通红。

你，受的伤害如此真切，恨如此透明，
这恨沉浸于重新唤醒的记忆中，

你那只受伤的眼对之紧盯，全身心地
支持以真挚的情感展开斗争的人。

你想知道我们在这场冒险中
有什么收获，这个可怜的国家的

精神变成了什么，
在这个国家你在我们当中检验你的初现的激情；

希望在你之前每一项活动就已存在，教会
和国家，财富和贫穷，在你对生活的

美妙期望中都和谐相融⋯⋯
你想知道，你想了解你的这一纯洁的

愿望的根由，这一愿望是否已在我们当中
得到生活的验证，现在它在你和你的同龄人中是否已孵化出新的生活场景。

你想知道含糊不清的自由究竟是什么，

这自由是我们发现的，你已得到这种自由，

恩泽也是如此，它已在新生的土地上扎根。

你想知道。你没有就一件不存在

答案的事追问：它只激荡在胸中。

答案如果存在，它就在傍晚的

清新空气中，这空气弥漫于

瓦谢洛别墅 ① 的围墙上空，弥漫于

落日照射的市中心的建筑物中。

这傍晚因过于温暖反而令人失望，

这温暖在清寒的秋季忘记了死亡，

----

① 瓦谢洛别墅是罗马市中心的一座别墅，因外形像战船而得名（原文为 "Vascello"，
意大利文意思是 "战船"），距前文提到的潘菲利别墅公园不远。

或者是，在新春到来之际
忘记了突然返回——在这令人失望的傍晚

你为你的新衣高兴，
或为同你的卑微的同龄人的新约会

而高兴，他们也像你一样高兴，你迅速从家里出来，
在这个街区，最后一缕阳光照耀下的

傍晚已经来临——我想着那个
严肃、纯洁的年轻人，他的沉默就在你的疑问中。

确实只有他才能回答你的问题，
如果他像你一样认为这个世界就是纯真的希望。

那是一个早晨，大海之光映红地平线，
像是在做着朦胧的迷梦：

每片草叶都像在吃力地生长，
都是这巨大朦胧之光的一部分。

我们静悄悄在堤坝的遮挡下

沿铁路走来，我们的最后一点点睡意

轻盈而温暖，我们来到田间孤零零的谷仓，

那就是我们大家的避难之地。

远处泛着白光的卡萨尔萨毫无生气，

格拉齐亚尼①最近的一份公告令人恐惧；

高山阴影下阳光照着空无一人的

火车站：在稀疏的桑树树干

和树枝之间，只有轨道旁的杂草独立，

施普伦贝格②车站的一列火车在等着驶离……

我看着他带着小小的行李箱离去，

行李箱中是蒙塔莱的一本书，

---

① 鲁道福·格拉齐亚尼（1882—1955），意大利元帅，他于1945年4月被意大利游击队抓获，经两次审判后被判处有期徒刑十九年，但很快被特赦释放。

② 施普伦贝格是弗留利大区波代诺内省的一个市镇。

书中藏着他的小手枪，外面紧紧裹着几件旧衣，

他在空气和土地的白光中向远方走去。

他的双肩紧紧裹在夹克衫里，

那是我的夹克衫，露出那年轻的脖子……

我沿路返回，走在三月洁白阳光

照耀下野草萌发的大路上；

在古老的春季的平静中，

沟渠在荨麻组成的绿色泥浆中没有一丝声响，

刚刚长出的苦菜间散发出

露水即将消失时的气息，

苦菜盖满古老斜坡的山脊，

这斜坡在热气下像一片大地。

小路转弯进入田野腹地：

人们在朴实的秩序中享受自由，

在基督徒工作时的平静中欢乐，在富有表情的爱中沉默不语，

桑树、桤木林和接骨木沉默静寂，

葡萄园、硫黄石的蓝色乡间农舍沉默静寂，
在古老的中午时分鲜亮的大地也是如此。

你提出问题并想知道，你要我们回到过去，
同依然留在胸中的痛苦结为一体。

你要使完全照着你的光在我们眼前消失，
那是任何一个新的傍晚都是新青年的人拥有的光……

我们这些老年人做不了别的，
只能为你那令人高兴的渴望带来痛苦的爱。

你的仁慈本身如果不说是
生活仅对你来说是幸福的，还能说些什么？

因为，说来幸运，我们的过去——真实，
但又像梦——留存于你那感恩的心底。

实际上这过去并不存在，你与它无关，你只是
在它现在对你确有价值时才对它进行探索……

在你的新生活中从不会有
法西斯主义或反法西斯主义：你对这些一无所知，

所以你想要知道：在你的心里，
现实存在就像一朵鲜花令人痛心又甜蜜。

一切真的已经再生——一切已经
完结——这写在你友好的微笑里。

回忆成为多余，尽管应该不忘记过去；
那些死亡的早晨和死亡的傍晚，

十二年已经过去，你不知道更多的是
怨恨还是怀旧将这些同我们的心捆在一起……

使我们衰老的阴影正是抽象的觉悟，
这个词同活生生的现实格格不入！

在你，想要知道是

极大的快乐，在我们心中想要知道却是痛苦！

我们能够回答你的一切已经不复存在。

可以对你讲述的人——如果你，年轻人，

如果你懂得一个青年的新语言就是

沉默——只能是地下那个处于一片悲戚之光中的人……

几乎已经是夏天，最美的色彩

在弗留利温暖的阳光下挥洒激情。

小麦已经很高，那是在大地上展开的

一面旗帜，在柔和的阳光下风吹着

这面旗帜，它再次展现

身姿，使高山和大海再次充满古老节日的气息。

所有的人都怀着不顾一切的欢乐：

大街上不冷不热的灰尘中

红巾和三色旗^①在看台和阳台上

挥舞；小路上，沟渠边，

成群的年轻人高兴地从一个村庄

前往另一个村庄：进入这个别人想要摆脱的新世界。

其间再也见不到我的弟弟，由于痛苦

我无法呼喊，通往田间那个谷仓的

路很短，在那里，我们那纯真、

可怜、永远年轻的妈妈

整整等了一年，现在她依然在那里

等待，在温暖的阳光下期盼……

但是，你体现的生活合理：死亡

在你的同龄人和我们中间大错特错。

---

① "红巾"是当时意大利共产党组织游行或集会时参与者脖子上系的红色围巾，
以区别于其他政党组织。"三色旗"指意大利国旗。

我们必须追寻答案，就像你所做的那样，我们必须
怀着像你那样金光闪闪的心去追寻答案。

可是，已深入我们内心的阴影
越来越走在我们之前，拆散了

我们同生活的所有关联，生活依然是一股强大力量，
鼓励我们活着并徒劳地追寻答案……

啊，年轻人，你想要知道的一切
如不追问就将终结，如不讲述就将消失。

我的时代的宗教

（1957—1959）

如果——仅仅两天没有见到他们，

现在，在窗口，又看到了他们，只是

短短一瞬，他们朴实，纯洁天真，就在下面，

从白得像雪一样的阳光下走上来，

我极力控制，没有像孩子一样哭出声——

如果在这个世界，我的所有责任都已了结，

已经上千年的、极久远的

临死呻吟消失，此时我能做些什么？

将是为期两天的高烧！ 刚刚来临的

十月，暖雾使室外的

温度难以忍受，

他们两个却认为

是如此清新——我觉得这实在

难以理解——他们从大街走上来，

从远处走来，正是青春的黎明时刻……

他们朴实，天真纯洁：他们的头发

蓬乱，但涂着一层该死的

发蜡——从他们哥哥的

柜子里偷来；或者穿着

千年来孤陋寡闻的乡下人

那种不知来历的粗布裤子，

在奥斯蒂亚^①的阳光和风中那裤子泛白褪色；

梳子却在打绺的黄头发和发卡间

仔细艰苦地工作过。

他们从一座楼房的拐角走来，

---

① 奥斯蒂亚是罗马西郊的一个海滨城镇，西临大海，紧靠台伯河的出海口。
公元前三世纪这里已是古罗马的一个重要港口、商业中心和军事要塞，海上
运来的大量粮食、盐、葡萄酒等由此逆台伯河而上运到罗马市。随着罗马帝
国日益衰落，台伯河泛滥，海岸线后退，这一城镇逐渐荒废，被风沙淤泥完
全掩埋。十九世纪挖掘后才重见天日。帕索里尼写此诗时，奥斯蒂亚的遗迹
尚未完全开发，废墟遍地，十分荒凉，后来建起围墙后才成为一个旅游景点。
1975 年 11 月 2 日，帕索里尼正是在奥斯蒂亚附近的菲乌米奇诺小镇被一个
青年用棍棒打死的（有很多人怀疑是政治谋杀，这个青年只是一个替罪羊）。
2016 年 11 月 2 日，一座文学公园在奥斯蒂亚的利普地中海居住中心内落成，
以纪念帕索里尼。

身体笔直，但因爬坡显得很累，
接着，在另一座楼房最后的

拐角处消失。生活好像
从来不曾存在过。
阳光，天空的颜色，敌意的

宁静，重现的阴云使所有这些
显得阴沉，所有的一切
像是回到了我过去的

生活：博洛尼亚或卡萨尔萨
神秘的清晨，这样的清晨
令人痛苦但像玫瑰一样完美无缺，

这样的清晨在这里重现于
一个年轻人沮丧的双眼中，
除在亮光中专注于

他的深色挂毯的制作之外，他别无所知。
我从无罪过：纯洁得

像一位皓首圣徒，但我

不曾富有过；性的令人沮丧的
天赋已经是一场空梦：我
是个好人，

像一个怪人。过去是
我的命运造成的过去，
那仅仅是令人沮丧的空虚……

我感到欣慰。我观察，俯身
窗口，观察那两个人，他们在阳光下
轻松地行走；我像个孩子，

这个孩子不仅不曾拥有而痛苦，
而且因将来不可能拥有而痛苦……
但这个世界在那种哭声中才有味道，

别无其他：那是紫罗兰、草地的味道，我母亲
了解这一切，这味道在那些春天里飘摇……
这味道在抖动飘摇，在这里，

哭声也悦耳美妙，味道的飘摇是为了
变成表达的素材，变成一种声调……这是
不可思议而真实的语言的美妙声调，

那是我出生时就有的语言，在生活中它永不变调。

*

顽念已经丧失，变成了带着味道的
幽灵，在无声无息漫无边际的光
构成的白天里四处漂移，

此时弱得几乎像白色的
蓝光亮起，
周围的嘈杂之声消失，

大自然一成不变的荒谬的死寂
在凝聚，夹杂着午饭的气味，
工作的气息，同树林飘出的

气味混合在一起，这气味沉入
近处山丘最阴暗或最向阳的
角落——这几乎是别的时代的

疲惫的兴致，现在这一时代
祝福它，现代想要的是新的爱意。
从儿时起我就在这些气息中妄想，

这清新的气息被阳光熏得暖乎乎，
一片片树林，凯尔特橡树，
与修剪后的黑莓丛相间分布，

在羞涩的红光中，
秋日阳光使这些树林更显稀疏——还有
北方河湾盲目的荒芜，

河湾间传来苔藓的气味，
清新而强烈，像复活节紫罗兰的味道在飘浮……
此时肉欲已不受钳制约束。

白天色彩中饱含的甜蜜，
使那种痛苦也像
蕴含着柔情蜜意。

穿着破旧的青年人粗俗正直，
他们来自不开化的家庭，
这些家庭到处流动迁徙，

来到贫民聚集区或者洪水淹过的平地，

安慰我躺在破床上和在路上

行走时产生的孤寂。

历史，教会，一个家族的

兴衰，只不过是一丝

赤裸芬芳的阳光，

温暖地照着荒废的葡萄园，

衰败的树林中的几茎衰草，

教堂钟声中昏昏欲睡的

矮小房舍屋脊……多年相识的年轻人，

只有他们十分活跃，

真正的春天来临时，

他们才感到这是最美的年华，他们

一起做着春梦，也梦着

泛黄的老诗集中传递的意趣，

一本本诗集，无声而狂热，

带来一些至高无上的新意，

——莎士比亚、托马塞奥 [①] 、卡尔杜齐 [②] ……

使我的每根神经只剩战栗。

---

① 尼科洛·托马塞奥（1802—1874），意大利作家、语言学家。因发表反对奥地利占领意大利的文章，被迫流亡法国。1839 年返回意大利威尼斯撰写大量诗歌和小说。

② 乔祖埃·卡尔杜齐（1835—1907），意大利诗人。他在诗作中向为意大利独立、统一而献身的英雄表示敬意，同时也无情讽刺资产阶级政客窃取民族复兴运动的果实、谋取私利的行径，也反映了社会贫富对立、人民继续遭受苦难的情景。1906 年获诺贝尔文学奖。

*

我本想喊叫，但我只能沉默：

我的宗教是一缕芳香味道。

这味道就在这里，这味道

陌生又很单调，在这个世界上

它却显得温润，光芒四射：

在这里我忙于总是成功却无用的活动，

这些活动卑微，有趣，我忙于将其不变的意义

融化于它们的千种形象组成的星座……

我再次感到我是多么娇嫩柔弱，

很像一个怀着神秘、原始激情的

无知小伙，好像我过的依然是过去的生活。

我极力忍住眼泪，这泪还是打湿了书页，

就在这两个人眼前，他们头顶的阳光是那么温和。

这两个年轻人——他们如此年轻——

机智敏捷，快乐地

消失在富饶的市郊，在大海

映衬的天空下，在宁静的大露台下，

清晨的阳台、阁楼

被晚霞的金光辉映照射……

对生活的感受又回到我心中，

很像过去一直拥有的感受，如果

愚蠢地感到满是甜蜜，

那是最盲目的荒唐。这是因为

一个青年人好像觉得，他将永远不能拥有

那些他从来不曾拥有的一切。在失望的

大海中，他对那些肉体的

疯狂梦想，他相信

必须以极美的善行来抵偿……

于是，如果发烧两天已经

足够，生活似乎

已经迷失，因为世界似乎已使我

完全回归于我的世界（我并不陶醉

而仅仅是惋惜），九月的

默默不语的太阳如火如炬，

我就要死去，我只会发出"永别了"这一哀唉……

然而，教堂，我还是向你走来。

我热情地紧紧攥着帕斯卡尔的书

以及《希腊人民之歌》，活像那个

神秘的农夫，1943 年夏天，他平静，

一言不发，在村庄、葡萄园和

塔利亚门托河转弯处，

像是在大地和天空之间

突然止步；在那里，我的喉咙、

心脏和腹部，敞开来面对

采石场的漫长小路，在那里

我度过凡人皆有的最美好的时光，在爱之中，

消磨了我的全部青春寒暑，

爱所蕴含的甜蜜

现在仍然会使我放声痛哭……

散乱的书本，不多的几朵蓝色的花，

杂草稀疏，那是高粱地鲜嫩的

小草，面对这些我将我的

纯真和我的鲜血全部奉献给耶稣基督。

嘈杂中的一片混乱

复杂、变化不定，尘埃密布，小鸟们

在其间歌唱，它们是生存的掠获物。

可怜的激情弥漫于卑微的

桑树和接骨木顶尖上空：

像他们一样，在注定属于那些

天真的人和失落者的

荒芜之地，我期待着夜晚降临，

夜晚可以感受那弥漫于四周无声的

人间烟火和贫穷生活的欢快气息，

我期待着奉告祈祷钟声响起，这是农民的

神秘仪式，在已过时的

古老神秘气氛中在新面纱下继续。

那是短暂的激情。那些在卡萨尔萨的

夜晚生存的父与子

是些忠实信徒，我觉得，他们在信仰方面

很不成熟：他们那苦涩的欢乐是灰色的，

很像这么一些人，尽管微不足道

但这些人还拥有那么一点点欢愉；

我青春期所爱的教会

已在过去的世纪中死去，只活在

田间那久远的令人痛苦的

气味里。抵抗运动

用新的梦想粉碎了各大区

在基督名义下结成联邦的迷梦，和它那

热情歌唱的夜莺……人的任何

真正的激情都没有表现在

教会的言辞和行动中。

倒是相反，在它面前只能是

新手的人就要当心！内心像大海一样

翻腾着极为焦虑的

爱的人，绝不能将这份爱

天真地向它奉送。想以必不可少的

快乐为一种法则效力者你就要当心，

这法则意味着痛苦钻心！

想用极大的痛苦

为一项事业增光者你就要当心，

这项事业捍卫的仅仅是只向世界俯首听命的所谓忠贞！

相信内心的冲动必须由理性的冲动来回应者你就要当心！

你如果不知道用心灵来掂量

个人主义的隐蔽计谋是多么可怜，

怜悯是多么可笑多么可悲，

你就要当心！你要是相信历史从久远的原点就已中断

——更多的是由于纯真而非由于信仰——

就像梦中的太阳，

你就要当心；你不知道如下这些你就要当心：

教会是造物主每个世纪的传承人，

它捍卫的是造物主的运作良好的机制，

你不知道教会是可怕的、野蛮灰色的，

它在人们心中抹去黑暗与光明！

你要是不知道天主教的信仰

就是资产阶级的信仰你就要当心，其标志

是各种特权，是各种好处，

是各种奴役；你不知道

罪孽不是别的而是这样的罪行：

全面侵害日常的所有安定，

这罪孽因可怕和无情而令人痛恨；你不知道

教会就是国家的冷酷无情的心你就要当心。

*

奥林匹亚女神广场 ① 的两个年轻人，

是快乐但可怜的十四岁的基督徒，

他们可以挥霍他们的时日，在不虔诚中

抱着激情，在混乱中

他们纯洁清明：他们能被自己

狂野的心中那可怜的

冲动吸引前行，

在夏拉别墅 ② 和贾尼科洛山

清晨的欢乐中，吸引他们的是大学生、

奶妈、年轻姑娘们的欢乐喧腾，他们前往

同龄人的喧闹中，小小的太阳

---

① 奥林匹亚女神广场是罗马市西南部的一个广场，距前文提到的潘菲利别墅公
园不远。

② 夏拉别墅在贾尼科洛山半腰，十七世纪属于巴尔贝里尼家族，后被马费奥·
夏拉购买，因有此名。1848 年，加里波第将军抗击法国军队时曾坚守这座别
墅。现在别墅已成为公园。

融化于野草和空气形成的苍白晕轮中……

这是纯真生活的早晨！这时
他们的心灵对一切呼唤充耳不闻，
这呼唤不是日常或好或坏的事

构成的混乱中的悦耳之声……
他们在混乱中生存，没有一个人关心，
他们怀着人的激情恣意而行，

他们生来就略具这样的激情，
因为他们贫穷，因为他们是穷人的子孙，
命中注定要俯首听命，

但他们又随时准备追寻
梦想中的新冒险，这迷梦
来自大地上空，这迷梦将他们推动，

他们率真单纯，他们因此而堕落卖身，
尽管没有一个人向他们支付酬金：他们
衣衫褴褛又有罗马人

令人惊异的优雅斯文，他们前往舒适的
街区，成为那里的人是他们实实在在的美梦……
他们也十分朴实，他们也无知，

但他们将追求超过实际需要的
美梦放在心中——尽管，
那已不是他们这个阶段而是另一个国度的美梦——

我又看到另外一些年轻人，
他们有农民宽阔僵硬的脸膛，炽热的
蓝色眼睛，又有波河平原地区的人

那种运动员似的
肥壮的四肢……他们的裤子，
那样肥大难看，丑陋寒碜，

他们的发型剪得蹩脚，
前面修剪到前额后面到脖颈，
蓬乱的头发束得老高，活像

战争中士兵冠上的羽饰，或者苍鹰的羽翎。

他们专注，谦逊：他们不知道

何为不信教，何为讥讽，但他们

眼中燃烧着羞涩，以及忧虑心焦，

这忧虑和羞涩通过瞳孔

将他们的心灵暴露不留分毫：

你甚至不知道他们心里不安时

空气是不是如此清新美好，

或者在这些年轻人的世界上空的风中

他们是不是嗅到

亚洲的古老的味道……

一股风像是仅仅在

无际而宁静的天空

飘移：而在辽阔的城市

上空，只有零零散散的

微风，像薰香的神秘气息。

在莫斯科市中心，

灰色的地上，

圣瓦西里大教堂高高耸立，像一个金色蜘蛛，

大腹便便带着鞘翅趴在地上，早已没有生命活力。

广场另一端，远离人群锈迹斑斑的庞大驯马场，

像被十八世纪的上帝用火烧过，

既有俄罗斯风格，又有点闪米特之风，

或者条顿风，两座建筑似乎遥相对立……在夜间的

虚幻苍茫中，克里姆林宫的宫墙

将成群的人关在墙外，人们头上是无言的节日彩灯、

钟楼塔尖和圆穹，今天无产阶级对这些依然不懂……

成千上万的年轻人欢欣鼓舞，

红场的灯光将他们的脸映红，他们围成圆圈，

在这个巨大的舞池中旋转欢舞，排起长长的队伍，

群众头顶红星高照，

这红星似乎就在身旁伸手可触：

他们狂欢歌舞，怀着简单激动的

欢乐心情，活像——在教堂的小台阶下，
在他们的小广场上——
质朴无邪的年轻农夫。

他们手牵手，一群一伙
排成狂野而深情的队列，
将几个年轻姑娘围起；

另外一些，更为年轻，他们在外围，
没有欢跳，只是推来挤去，用他们那
纯洁的黑色眼睛观看力求详悉，

有几个想试着跳舞，跟着
原始乐器演奏的
单调乐曲。

像海洋一样的人群在宫墙转弯处
一圈圈跳舞欢唱……他们是
饥馑的儿子，造反起义者的儿子，

流血者的儿子，他们是先驱者的儿子，

这些先驱的生活仅仅是斗争，

他们是无名英雄的儿子，

是令人失望的遥远未来的儿子！

现在，他们来到这个世界：是

世界的主宰者。这个世界不是，绝不是他们的

幸福世界，尽管他们在诚惶诚恐地狂欢，

这一点你可从他们的眼光中看清：他们的青春

更多地由衣着显示，而非他们那

金发下的头脑、内心的力量、

纯真的激情。在宽阔的大街上，

庞大的经济公寓，立在说不上

属于什么形式的强大城市的空地上，

这样的城市接纳这些年轻人的新的生活时尚。

但这激情是宗教徒式的，

这近乎盲目的热情充斥于炽热的眼神中，

像是要去奉献或者是要去证明，

使他们那友善的心灵战栗不停。

*

在光线散乱的贫穷街区

他们两人相拥而行，

步子像异教徒一样轻盈，

他们面带笑意谈论，

说是历史有各种各样的面孔，

队伍最后的人常常就是第一名：他们

纯洁的心中对世界的杂乱真实的

希望就这样明显形成，

这使他们能够采取种种哪怕是卑微下流的行动，

任何违背宗教信仰的行动，任何无耻的行动……

可我们呢？唉，确实，每一种谬误

都含有真理这一促成因素：任何最卑贱最呆滞的

目光也可无拘无束清澈透明，也可以接纳

外部生活，不仅是由于生活本身

因实际存在而精彩绝伦，
也是由于目光后面有思想，思想有助于——尽管

来自被征服者，尽管来自无能为力者——产生
值得赞扬的多样性，生动迷人的古怪言行，
以及伟大与贫贱、下流的

目光与突出的无意识之间
不可思议地交互杂融。
可怜可怜这些人吧！对于他们来说，

面对这冷淡的、没有宗教意味的怜悯，
不管什么样的宗教都可感到满意称心，天主教
也可使他们称心，如果大不相同的生存

将晕轮置于这些在现实中
显得极其古怪的人们的内心，
这晕轮将会

把他们侵吞，不管他们是因内心的
恐惧而冷酷，是因抱着模糊的

新生存愿望而平和温情，不管他们是

堕落还是清纯，是被出卖还是神圣，
是处于被剥夺公民权的地位
还是卑微地安守本分：

他们是在简单的生活中蓬勃生长的
大树上无数树枝中的一个枝杈，
他们生长在城市、村镇、茅屋、桥边、洞穴中，

在充满敌意的生存中他们满腔友情，
在古老的不公平中他们快活欢欣，
在乞求来的爱中他们高喊声声。

是的，如果这一羊群真实存在，
如果是这样，它显得多么苍白凄清，
用戏谑渎神的怜悯眼神观看这羊群的人，

你从中看到的却是神性的
碎片反映的光明！在专注的内心，
你觉得模糊不清、令人绝望的命运

这一规律也十分神圣：他们面对的是
儿童的自私、欺骗、任性和
执拗僵硬。

我，是另外一类孩童，原因在于激情，
而且在激情推动下我想成为一个男人，
怀着他那所有的谦和习俗带来的情趣

（因此我在任何关系中都天真地
被迫始终保持纯净，为此
我被称为一个善良的人）

努力探究所有的事情，我不知道
我属于另一种生存，可那不是我的生活，
最后只能在拥有各种体会的怀旧中

不知所措地被迫接受这另一种生存：
我内心充满爱，
但我希望我对这一现实的爱

另辟蹊径，

我也希望我每时每刻都在爱，爱上帝创造的
每一个生灵。我希望与众不同：但是，

咳，我怎么能知道有如此心灵的他们
如何去表达其心声！
一天夜里，我同他们中最高贵的一个人，

穿过街道构成的幽暗长廊，来到城市的
边远荒村，这里充斥着堕落的灵魂，处处是
缺胳膊断腿的肮脏十字架，还有猥劣的小伙，

妓女们在卖春，这些男女愉快而粗野，
他们满腔义愤，他们也有
微不足道的欢乐开心。

轻得像远来的微风，温柔地吹拂他们，同时
也吹拂我们，从海面吹向山丘，
在永不消逝的夜间时分……

我有一种渎圣的感觉，
正是这种感觉激励促使我这位朋友

接受那样的生存，那是风的

猎获物，风使那种生存匍匐在地，
面对死亡没有生命，面对光明
没有觉醒：但她们是他的姐妹：

好像在他看来，为生存而斗争
就是心中的黑暗、罪恶，就是
对别人的生存蔑视过度，他们是

成人组成的狼群中的一群
忍辱负重却高兴的年轻人，
是的，他们愿意付出生命代价

更换门庭：成为别人的守护人，
守护的不管是神职人员还是国家的主宰者，窃贼还是奴仆，
野心家还是有权有势的人，国王还是

最低级的贱民，直至年岁最小的人，
准则是要求与人平等：
不强求明白一切，但求有所知而永不迷失于昏懵。

然后我们开始奔忙，像是去寻找赋予他们生命的

模糊不清的上帝：他知道这个上帝在何处可见。

他只用一个手指开着他那二流制片人的凯迪拉克汽车，

另一只手将年轻肥大的脑袋上的

头发搔乱，边走边讲，疲倦却永不厌倦……

我们到达目的地：瓦亚尼卡塔①。

此时，一股意想不到的风吹来：

一排排小屋，被拆得七零八落，活像

一片废墟，石灰末飞扬，坑洼不平，

一只小船的白色船腹朝天，

仅有这些东西能抗拒这股风。

两个小青年，他们没有姓名，

怀着卑微但热切的希望，

跟我们走了一段，然后不再追踪。

---

① 瓦亚尼卡塔是罗马省波梅奇亚镇的一个海滨村庄，北与前文提到的奥斯蒂亚接壤，因有一座名为"瓦亚尼卡"的塔而得名。

这两个哆哆嗦嗦黝黑的人消失了，同附近

水上的泡沫、海水相融——很像
被卷进暴风雨后的水坑，
堕入童年愚昧的黑暗中。

上帝那永恒的光辉和洁白
呈现当空：直接，邻近，从凌乱的
海上吹来一阵风，

将我们裹入令人着迷带着盐味的
灰尘旋涡中，它是如此强烈，
使激浪的喧嚣立即平静无声。
……………………

是的，确实是一个上帝……另一些不太疯狂
不太动人的人中也有上帝。我想向他们的教士
述说，也想让他们的圣人知悉。

这是些可怜而可敬的圣人，忍受着明显的
痛苦的煎熬，承担着可怕的重负，
在不引起太多地震的情况下，努力坚持到月底，

才能等到盼望已久的
几个钱进入自己的腰包：
他们是小职员，机关的官员，一个政党的

新人，他们为它生为它献身。
他们兴高采烈地向你展示
一双新鞋，挂在家里刚刚有些像样的

墙上的一幅低俗画作，为妻子生日
买的一条漂亮头巾：但在内心，
在那孩子气的激动和艰难困苦

背后，他们像用尺子一样丈量

他们在你心目中的真诚，以及他们的牺牲。

在对你进行判断时，

他们僵硬顽固，他们内心阴暗：身穿

破衣烂衫者不可能宽宏大度。

你不可能期待从他们那里得到一丁点儿

怜悯：这不是因为马克思教他们如此，

而是由于他们的爱之神的启蒙，

那只是善战胜恶的一点点胜利，

这体现于他们的行动中。但是，

像强光下美丽神圣的大海一样，欢乐和痛苦

不合理地混杂交融，形式变幻无穷，

像将石膏的灰暗洗白，规则不再是

度量的准绳……在另一位上帝的

红色中——改变世界的

上帝，未来的廉洁上帝——

斯大林时代的鲜血使红色更红……

一切不会复返再生。生存的自相矛盾

也不会复返再生，我认识的几乎所有人

都在这自相矛盾中经受丰饶一无情：

有教养的布尔乔亚，建造重要基础设施的

专业人员，上流社会这一丛林和文化界的

精英：人民广场①、古老城墙外的新居民区、

密布肮脏胡同的市中心那清新的傍晚留给民众……

顺从的天才人物，身穿体面的

衣服，面对周围的人时

显出专注的面孔，这样一来别的人

就会对他们心存疑虑；白天

在咖啡馆，晚上在沙龙：但每个人

都在别人脸上徒劳地寻找

---

① 人民广场是罗马市中心区的一个广场，广场正中有古埃及方尖碑，四周矮墙
有很多大理石人物雕像。意大利左翼政党集会通常在这一广场举行。

古老希望回归的踪迹：如果确认
有它的踪迹，那是不可供认的希望，
在供与求的死结中不能吐露心机。

他的目光像因内伤而剧痛者的
目光：这剧痛带来的是没有生气、
懒散和伤悲，导致他的感觉

罢工停滞，导致意识有罪地
丧失动力，导致不健康的平静，
想使我们的时日灰暗悲戚。

于是，如果我深入探索我这个时代
活生生的人们的心灵，我身边的人们，
或者离我不远的人们的心灵，

我看到的就是，每一种自然宗教
可以列举出的千万种可能的
渎神行径，在所有这些行径中，

始终存在的是怯懦无能。

这是一种永恒的观念——观念的一种

形式——化石般的观念，永不更新，

在每一种另外的观念中留下

它的直接或间接的印痕。

正是这怯懦造就了没有宗教信仰的人。

这怯懦像一种很深很深的障碍，

它将人们心中的力量掏空，

使理性的热情消耗殆尽，

这一障碍使人探讨虔诚

就像只是探讨一个简简单单的行动，

探讨仁慈只是探讨简简单单的规则准绳。

怯懦有时会使人野蛮凶狠，

但它总是使人小心谨慎：

威胁，评判，讥讽，倾听，

但在内心，总是卑微地恐惧担心。

没有一个人能逃脱这种恐惧担心。

因此没有一个人真的能成为朋友或敌人。

没有一个人知道如何感受真正的激情：
激情的任何光焰很快便暗淡，
正如因顺从或懊悔很快淹没于

古老的怯懦，很快陷入
多少世纪形成的神秘荷尔蒙。
我在每一个人身上都能看到这种情形。

我对它一清二楚，那只不过是
古老而廉价的焦虑造成的生存危机：
那是我们作为动物的生活准则，

现在已深入我们这些可怜的人
组成的共同体：那是绝望的
自卫，是想筑巢于一个

有些微安宁的处所：拥有所有权的领地。
每一种拥有的东西都相同：一个企业
和一小块农田，一艘大船和一辆小车都相同。

因此在所有的人身上懦弱都相同：
正如每一种文明的混沌的起源
或者最后的混沌时日没有什么不同……

于是我的民族在渎神的进程中
又返回原来的起点。
对什么都不信的人对此十分清醒，

他能控制他的清醒。对什么都不信的人，
他同时又是天主教信徒，他肯定不会
因为知道自己被残酷错待而悔恨。

动用乡下那些喜欢要挟、
一贯不要脸的杀手大盗，
那些粗俗到内心最深处的人，

就是以捍卫宗教这一反宗教的托词，
想要扼杀各种形式的宗教：
想以已死去的上帝的名义成为主宰显要。

这里，在充满卑贱意味的民房、广场

和街道间，在已被时时刻刻都在伤害

人的心灵的这一新幽灵控制的

这座城市——用宗座教堂、一般教堂和古迹控制，

这些古迹在荒废和焦虑的气氛中沉默不语，

这焦虑已成为不信教的人们的

平常习气——在这里

我对生存已厌倦至极。除大自然之外

这个人类世界——在自然界传出的

也仅仅是死亡的魔力——再也没有

任何东西让我去爱去珍惜。

一切给我带来的是痛苦：这里的人们

对其主宰者们的所有召唤

听命顺服，这些主宰者想要召唤人们，

轻率地要人们习惯于

必定使之成为牺牲品的最无耻的习俗；

人们身穿灰色衣服走在灰色的街上；

那灰溜溜的举止似乎印证着他们

对侵犯他们利益的邪恶行径绝不揭露；
他们围着虚幻的财富
你争我抢，像一群羊将一点点草料围住；

他们组成人流，有规则地流动分合，
因而街上时而空无一人时而人流如潮，
在久远的贫困中挣扎的人们疯狂的

没有目的的潮起潮落很有规则；
这股潮流分裂后分别流入阴暗的酒吧和影院，
阴郁的心被影片的主题震慑……

正是围绕这一内心被平庸主宰的人群，
这座城市的人分裂又集聚为巴西人一伙
或东方国家的人组成的一派，

这座城市像在流传着麻风病，
它带来的死亡在人类各时代各阶层的
头顶庆幸称快，不管是基督时代还是希腊时代。

城市的住宅一排接一排十分拥挤，

彩票站前的泥潭其色如呕吐物或胆汁，

不含任何意味，既非忧虑也不是宁静的含义；

无言的城墙，内部花园小路的曲线

饱含诗意，残留的乡间村舍，所有这些

都在轻石或老鼠构成的一片灰色中静悄悄死去，

无花果树、苦菜在这片灰色中

甜蜜冬眠，铺路石缝隙间成排成行的

小草更显凋零，这些街区

好像在它们那灰色或焦黑色的砖块

几乎像人一样排列的队列中保持永恒：

所有这些将使彩票站那些信教的老板

构成的粗俗人流徒劳无功：

这些老板狼心狗肺，

一双双渎神的眼睛，都是无耻之徒，

他们是在梵蒂冈的大厅、祈祷室、布道坛、

部长们的会客厅中被腐蚀的耶稣的无耻门徒：

这些老板是被奴役的民众面对的歹徒。

在民众纯洁内心的躁动中，

在母亲般的弗留利地区报春花和

嫩芽构成的风光中，

天主教教堂那欢快鸣叫的夜莺

像是从遥远的喧闹中飞来盘旋凌空！

他的渎神的、但也可称为虔诚的爱，

只不过是一种回忆，只不过是强词夺理：

但正是他，而不是我，因愤懑、失望的爱

以及对一种传统的令人痛苦的

忧虑而死去，这一传统每天都被

声称要成为其捍卫者的人扼杀压制；

被宗教之光照得暖洋洋的土地

同他一起死亡，乡间村舍以及

田间劳作的纯朴农民同时遭殃；

死去的还有一位母亲，她纯洁善良，

在只有恶存在的时代这些死者永不再心情激荡；
我们生存的这个时代已经死亡，
在一个必然使人屈辱的世界，

我们的生存曾是道义之光和奋起反抗。

长诗《我的时代的宗教》附录

一束光

（1959）

我依然幸存，在一篇不可穷尽、

无限激情的长篇连载中偷生

——这激情几乎扎根于另一个时空，

可我知道，在混乱中一束信仰之光，

一束良善之光将我从绝望中拯救，

让无限的爱充满我心中⋯⋯

那是一个可怜的女人，温和，细腻，

几乎不敢大胆地设法维持生计，

总是处在生活的阴影中，像个小姑娘，

她的头发稀疏，衣着已经过时，十分朴素，

几乎可说寒碜，从其上留下的秘密可以看清，

这衣服原是用紫罗兰色布料做成；

她用尽她的力气，焦躁不安

默默茹苦含辛，将一个总是担心

难尽自己职责的人的力气用尽，对永无回报

从不抱怨半声：多么可怜的女人，

她只知道付出爱，勇敢地付出，在她看来，
她可以做的全部就是做母亲。

她那小姑娘似的瘦小手脚，
她的辛劳，遍及家里的每一个角落：
即使在夜间和梦中，她的干涩的眼泪

也笼罩一切：回到家时，如此久远、
如此非凡的爱紧紧揪着我的心，
使我多么想喊叫，多么想结束我的性命。

周围的一切都在可悲地死去，
只有她的善良永不湮灭，
她不知道她的一点点爱

——构成我温暖可怜的骨肉——
几乎能使我因痛苦和羞愧而与世永诀，
她不知道，在我们安静的厨房中，

她那不安的举动和叹息
能使我显得

多么心烦意乱多么胆怯……

她，一个小姑娘，我，她的儿子，
在我们看来，每时每刻一切都已永久完结：
剩下的仅仅是希望末日

真的到来，好将等待末日到来期间的
强烈痛苦浇灭。那时我们将能会聚，
很快，会聚在那块布满灰色石头的

可怜草地，生存的茁壮种子
每年都在这草地长成草丛，鲜花遍野：
但这里已只是这样的乡间田野，它将

夜莺夜间失望的鸣叫
在白昼云雀飞翔时
强加给它那矮墙内的世界。

蝴蝶和昆虫成群结伙，
直至九月末，在这一季节
我们一起归来，回到她的

另一个儿子的尸骨所在之地，

在静穆的萧索中依然激情满怀：

每天下午她都前来，摆上她的鲜花，

整整齐齐，周围悄无声息，

仅存的是她的叹息悲哀。

她将石碑擦净，他就幽忧地躺在石碑下，

然后默默离开，此时周围的矮墙

以及垄沟立即又被寂静掩埋。

可以听到的是使她振奋的

心脏跳动之声，这声音激励她以她那微薄之力

坚定情愿地去尽她心目中的慈举仁惠：

她穿过那些长满新绿的花坛

返回，手持瓦罐，里面满满装着

浇灌这些鲜花的清水……很快

我们这些欣然而归的后亡者

也将与这片气息清新的大地

彻底融为一体：但这不是我们的
最后的安宁，因为其间

混杂着太多没有目标的生活。
我们将拥有的是勉强而可怜的安宁，
是令人痛苦的幻梦黄粱，不会带来

甜蜜和安详，而是一个没有享受生活
便死去的人的怀旧、自责和悲伤：
如果有什么纯真，有什么永远年轻，

有什么永世流传，那就是你那温厚的世界，
你的信心，你的英勇：
在桑树和葡萄架或接骨木的

温馨包围中，在生活的所有
高雅或神秘的标志物中，
在每一个春天，那纯真

就是你；在曾经充满欢乐的所有地方，
当活着的人重新欢乐时，你会带来纯真，那是

促使我们前进的唯一信念，它非凡、甜蜜：为的是

让没有一点希望的绝望永远绝迹。

II

屈辱的和受辱的

（1958）

短诗

1

致天主教的评论家们

一名诗人多次怒斥和指责，

  为了爱，夸大自己的冷漠，

为了自我惩罚，夸大自己的纯真无邪，

  他如清教徒也很亲切，他僵硬也有古希腊风格。

他在分析遗产和生存的征兆时

  也十分尖刻：

他面对理性和希望做出一些

  让步时也十分羞涩。

这样说来，他真该当心！没有一刻

  可以迟疑不决：只举他为例已足够明澈！

2

致杰罗拉

你是文体家！也是语文学者！

　　直至昨天你还是百名变化不定的诗人之一：
现在你列举形容词，确定其来历，

　　你对嘀嗒之声也敏感，分辨其含义：
你发现明晰有如不明晰，

　　你论证我的那些不是诗的诗不是诗。

3

致一些激进分子

机智，俗气的尊严，

　　奸猾地不择手段地高攀，优雅的容颜，

英国式服装，法国式的言谈，

　　见解有多么固执就有多么任意随便，

以理智取代怜悯，

　　生活像阔人们准备输掉的赌注，

所有这些使你们不知自己是何许人：

　　良心在规则和资本面前摇尾乞怜。

4

致君王

如果太阳再现，如果傍晚来临，

　　如果夜间有未来之夜的味道存在，

如果一个下雨的午后像是

　　从一个可爱的、完全不存在的时代归来，

我就再也不会愉快，既不享受它也不忍受它带来的悲哀：

　　我再也感觉不到在我面前整个生活的存在……

要成为诗人，就要有很多空闲时刻：

　　几小时几小时地独处是唯一的神计妙策，

以构思某种东西，那是一种力量，放松，

　　懒散，自由自在，以便赋予杂乱无序风采。

我的空闲时刻已经很少：罪责在于死亡，

　　它已来到眼前，青春将逝已不可阻遏。

但罪责也在于我们人类的这个世界，

　　它剥夺了穷人的面包，剥夺了诗人的宁静时刻。

5

致自己

这罪恶的世界，只有买卖和蔑视冷漠，

　　最有罪的是我，我因痛苦而消沉缄默。

6

致 J. D.

可怜的奴仆，你甚至想方设法挽救分文不值的白菜，
让我沉湎于寻求灵巧机智：多么可怜的借口托词！

7

致未出生的儿子

在台伯河那座洁白的新桥下，

　　为不得罪法西斯分子这座桥由天主教信徒承担建设，

在柱头、石栏、仿制的古建筑部件和废墟间，

　　一伙女人在阳光下等待嫖客。

其中一个叫弗兰卡，来自小城维特博，

　　她还是个小姑娘，却已做了母亲，最老练灵活：

她跑到我的车窗前，用力大声喊叫，

　　这样就可确保不会被我欺骗被我迷惑：

她上了车，安顿好，高兴得像个小伙。

　　她指引我开向卡西亚大道[①]：我们过了一个岔路，

开向阳光下空无一人的一条道路，

　　四周是石膏厂和三排破旧房屋，

我们来到她的工作场所：有很多洞穴

[①]　卡西亚大道是罗马市的一条重要街道，也是古罗马修建的大道之一。

长满苔藓的高地下的一小片瘠土。

远处，湿漉漉的小草上有一匹棕色老马，

灌木丛中一辆汽车内空无一物，

不远处，喷射时的欢乐回响流传四处：

成双成对的可怜年轻男女难以计数。

在那些日子里，我的生活充实，工作繁忙，

没有任何失衡、任何恐惧让我感到局促：

多年来我就这样维持生计，首先是因得到我的体格的恩典

——我生来就有的温和、健壮和热情的禀赋——

然后是因思想之光，尽管思想依然不很明确

——那是我在生活中学来的爱、力量和觉悟。

然而，第一个也是唯一一个儿子没有出生，但我并不

为你永远不能来到这里、不能来到这个世界而感到

痛苦。

8

致巴尔贝里·斯夸罗蒂 [①]

你模仿我的分析的癖好，使这癖好显得可笑，

　　你模仿我那尚不成形的手法用的是神仙似的笔调。

你利用我的纯真的激情反衬你的老到，

　　利用我的率直显示你的辨别直觉。

[①] 乔治·巴尔贝里·斯夸罗蒂（1929—2017），意大利文学评论家、诗人，都灵大学现代和当代文学史教授，特别注重研究十八世纪至今的意大利文学史。研究帕索里尼和邓南遮，著有《帕索里尼诗的象征和结构》。

9

致卡多雷西 [①]

热情的南方人，变成了弗留利的糊涂虫，

再也没有比一个人如此地投入更加可笑……

---

① 多梅尼科·切罗尼·卡多雷西（1924—2007），意大利弗留利作家、文学评论家。他对弗留利地区的文学极为关注，积极参与文学界的活动，创办过《政治和文化》杂志。

10

致《工作坊》①的诸位编辑

亲爱的莱奥内蒂、罗韦尔西、斯卡利亚、罗马诺和福尔
蒂尼，

有谁比我更无权写这些诗句？

在我们相处的这些年中，有谁比我想得少？

有谁比我阅读得少，比我忍受的煎熬少？

我很高兴忍受孤独，做财富的奴隶

——米兰的投机家、那不勒斯的嫖客们抛弃的财富，

我像一个死者在活人当中，或一个活人在死人中间迈步：

令人摸不清的、事后而来的、令人绝望的背叛，

这是荒诞的雄心、子虚乌有的需要导致的产物。

我甚至连报酬也没有却照样忙碌……

现在，我觉得在我心中新雨的味道好像很浓，

---

① 《工作坊》是帕索里尼和莱奥内蒂、罗韦尔西等于 1955 年 5 月创办的一份杂
志，斯卡利亚、罗马诺和福尔蒂尼等人后来也成为编委。杂志于 1959 年停刊。

生活的每一个亮点都有哭泣为其背景。

只有一种模模糊糊的力量告诉我，一个新时代

来到所有的人面前，它强制我们必须成为新人。

或许——对于已经感到并投身其间的人来说——职责

不再是感受并投入，而是思考和探索，

如果世界已经开始不再是这样一个世界，

这个世界，它的人——我们也生于此——以前以为
它将永不变革，

而后却认识到它是构成历史的丰富素材：始终可以知悉
洞彻。

就是这样生存期间也应该思考，而非只是活着，

因为现在思考已经没有手段和语言，

分不清光明和混沌，迹象征兆和终局末了，

纯真的生活在这个世界也正在失败受挫。

我们像唐璜，我们固执，我们抨击新语言，

对之我们尚不了解，我们必须努力探索。

11

致法兰西

我很高兴地意外看到，我很像

　　塞古·杜尔，就是几内亚总统：

扁平的鼻子生动的眼睛。

　　他也是从野性而纯粹的精神深渊

升到这历史的死气沉沉之中：

　　他是一个真正的黑人，正如兰波是一个碧眼金发人。

也许是轮到他，一个生于丛林、有纯洁的母亲、

　　孤苦伶仃、只靠快乐生存的人，

来真正理解现实生活：

　　　　不再听从于性的诱惑而去思索，

不再是个孩子而变成一个公民，

　　背叛众神而同马克思一起战斗拼搏！

12

致一位教皇 ①

在你去世前几天，死亡之神

　　将它的双眼瞄准你的一个同龄人：

二十岁时，你是一名大学生，他是一个小工，

　　你优雅，富足，他是平民中的一个小伙邋里邋遢：

但同样的时日在你们头上放射金光，

　　照耀着正变得崭新的古老的罗马。

我看到了他的尸体，这个可怜的朱凯托。

　　夜间他醉醺醺在市场街转悠，

一辆有轨电车从圣保罗教堂方向开来，将他撞倒，

　　拖着他在悬铃木下的轨道上走了一段：

就在车轮下，他躺了几小时像在睡觉：

　　一小伙人围过来观看，

---

① 诗中所指的教皇是庇护十二世（1876—1958），生于罗马，原名派契利，
1939 年当选教皇后改称庇护十二世。

静悄悄无人作声：天已很晚，过往行人很少。

　　由于你的存在而生存于世的众人当中的一个，
这个像专横的家伙一样的老警察跳下警车，

　　"傻瓜们走开！"他对太靠近的人大喊大叫。
接着一家医院的救护车开来将朱凯托装上车：

　　众人散去，只剩下零零星星几个，
以及一个夜间酒吧的老板娘，以前，

　　她认识朱凯托，她对一个刚过来的人说，
朱凯托被电车轧到车轮下，当场就死了。

　　几天后你也死了：朱凯托
是罗马人和世上人组成的你的大羊群中的一个，

　　一个可怜的醉鬼，没有家人，没有床，
夜间到处游荡，谁也不知道他如何生活。

　　你对他一无所知：就像你对成千上万个
同他一样的基督徒一样不知其苦乐。

　　我自问为什么像朱凯托一样的人们
不配得到你的爱或许这有些用心险恶。

　　很多地方声名狼藉，在那里母亲和子女们
生活于多年的灰尘中，生活于别的时代的烂泥浊。

　　这些地方离你生活之处并非很远，
看得到圣彼得大教堂的圆穹漂亮昭焯，

其中有一个地方，它的名字叫杰尔索米诺……

那是被采石场切为两半的一座山，山坡下，

一条小河沟与一排新的高楼大厦之间，

是一大片可怜巴巴的建筑，这不能称为住房而应叫猪窝。

只要你采取一个行动，只要你说一句话，

就可以让你的这些子民们有一个屋子住下：

可你没有采取任何行动，你没有说一句话。

没有人要求你宽恕马克思！数千年

吞噬生活的巨浪

使你同他分离，同他的信仰分离：

可是在你的信仰中难道不谈怜悯？

在你的任期，就在你眼前，

成千上万人生活在牲口棚和猪圈中。

你知道，有罪过并不意味着做坏事，

不做善事，这肯定意味着是罪过。

多少善事你本来可以做！可你没有做：

没有一个人比你有更大的罪过。

新警句

（1958—1959）

1

致赫鲁晓夫

赫鲁晓夫，如果你是个不是赫鲁晓夫的赫鲁晓夫，

却怀着纯洁的理想，抱着鲜活的希望：

那么你应是这样的赫鲁晓夫：你应是那种理想和希望：

你应是这样的布鲁图[①]，不是杀一躯体而是将一种精

神埋葬。

---

① 布鲁图（约前85—前42），古罗马政治家，斯多葛主义的追随者，公元前44
年参与刺杀恺撒，图谋恢复共和政体未果。

2

致红旗

红旗，对于只认识你的颜色的人，

  你必须实实在在存在，为的是他能生存：

他全身是痂遍体鳞伤，

  雇工变成了乞丐，

那不勒斯人成了卡拉布里亚人 [①]，后者成了非洲人，

  文盲们成了水牛或者狗群。

红旗，谁一旦懂了你的颜色的寓意，

  他就会觉得你扑朔迷离，包括你的含义：

你已过分以资产阶级和工人的光荣居功傲物，

  你又变成了一块破布，最可怜的人将你挥舞。

[①] 意大利的社会经济发展极不平衡，北部最富，越向南富足程度越差。卡拉布里亚大区在意大利半岛最南端，北邻坎帕尼亚大区，这一大区的首府是那不勒斯。了解了这一情况，"那不勒斯人成了卡拉布里亚人，后者成了非洲人"的意思就十分清楚了。

3

致当代文学家们

我看到了你们：你们在生存，我们继续是朋友，

　　我们高兴地相见互打招呼，在某个咖啡馆，

在爱讥讽人的罗马太太们的客厅……

　　可我们的招呼、微笑和共同的激情，

　　是一块无主土地上的举动：这大地……是一片荒原，

　　你们认为，这荒原是边缘，我却认为它介于历史与

历史之间。

　　我们再也不能真的达成一致：我对此忧虑担心，

　　可正是在我们之间这个世界已成为世界的敌人。

4

致贝尔托鲁奇

苟延残喘，它也如此。它，古老的乡村，

　　在北方它依然留存，在那里，我们觉得它更永恒。

这是它最后的几天，也可以说是最后的几年，

　　是渠边有几排树桩的已耕土地的最后时日，

是刚修剪的桑树围绕着的白色泥浆地的最后时日，

　　是干涸的水渠旁依然泛绿的土堤的最后时日。

这里也是如此：这里的异教徒曾是基督徒，连同他的大地

　　以及他那耕种过的田地，统统处于最后时日。

新的时代将导致所有这一切永久灭绝：

　　因此我们可以为之哭泣：包括它那荒蛮的

黑暗年代，它那罗马式的四月。

　　这残存的土地，无法再认识它的人，

怎么能了解我们？怎么能说清楚我们是什么人？

　　然而，是我们应该了解他，

原因是，他出生于过于萧瑟的冬季，

尽管冬日也天清气朗，

冬天南方温和但时有风暴，北方的天空则阴云壅蔽……

5

致科斯坦佐 [①]

真是个白痴！想要寻找我的追随者，给我编织一个圈子？

我不相信我生存于你的世界，

在那个世界人们寻找追随者，人们编织一个个圈子。

你是一具尸体：你以为我与你在同一个墓穴。

---

① 马里奥·科斯坦佐是意大利《季节》杂志的编辑。1956 年帕索里尼忙于写作
他的第二本小说《暴力人生》时，《季节》杂志邀他写一篇文章，他很干脆地
拒绝了。此后在解释拒绝的原因时，帕索里尼说，该刊编辑马里奥·科斯坦佐
"对我和《工作坊》以及《文学》"发表了消极看法。

6

致蒂塔·罗莎 [①]

对不懂的东西你发出幼稚的怀着敌意的评论，

　　陈旧的恶习早已陈旧，面对我说的一切你糊涂混沌。

[①]　蒂塔·罗莎（1891—1972），意大利作家、评论家，他的本名是乔瓦尼·巴蒂斯塔·罗莎，蒂塔·罗莎是其笔名。他早年为很多杂志撰稿，战后从家乡拉奎拉移居米兰，陆续担任几家报纸和杂志的主编和编辑，同时写了很多小说、诗歌和文学评论。

7

致卢齐 [①]

这些围着你转的门徒（他们连报酬也没有），

　　都是些什么人？什么样的真正的需要得他们来满足？

在他们身后，你不发一言，诗人的神情挂满脸：

　　但他们不是你的传道者，而是你的密探。

[①] 马里奥·卢齐（1914—2005），意大利诗人、评论家。帕索里尼1957年在
《工作坊》发表的一篇文章中赞扬了卢齐，但一些人认为文章"虚情假意"，因
为帕索里尼曾经嘲笑卢齐等人"像一伙认为已经了解了彼特拉克就不必再读弗
洛伊德的世俗修道士"，说他既然"认为这些人用与他完全对立的方式来感受
和从事文学，为什么现在他如此尊重这些人"。

8

致基亚罗蒙特 [①]

你不要存幻想：激情永远得不到宽恕。

我也不会宽恕你，因为我满怀激情地生活。

[①] 尼科拉·基亚罗蒙特（1905—1972），意大利著名评论家，著名反法西斯人士。

9

致奥尔维耶托的铜钟

这些铜钟是全面控制和绝对贫穷的

　　标志：那么，礼拜日早晨的钟声

为什么如此含糊又有如此多重的含义？

　　停着的火车，这座城镇那湿漉漉

白晃晃的车站，一切被久远的寂静罩住，

　　你们这钟声传来生活中最新的痛苦。

四周那些僻静的房舍、街道、草地、高楼，

　　铁路与公路的交叉口、渠道、迷雾中的田地，

这些都是素材，但不是你们那单调短暂的声响的

　　素材，而是体现了你们那内在的永恒的亲切悠长……

这是不是说，在冷酷的强大力量背后，

　　存在极大的恐惧惊惶，在听天由命的顺从背后，

存在生命的神秘而恰当的强大力量？

10

再致杰罗拉

可怜的灵魂，你是不成其为灵魂

　　但极想成为灵魂的彻底的囚徒！你运用

镜子自动复制法煞费苦心地臆造敌人：

　　树立名不副实的靶子，玩弄显然是卑鄙影射私生活

的手段，

　　心怀恶意的臆断，实际是名副其实的恶毒臆断……

　　你应该再多一点点勇气，手提机枪进入人群，

你这个可怜的人，没有本领伤人的乡下歹徒，可怜的灵魂！

11

致 G. L. 伦迪 [①]

你是如此虚伪，以致虚伪将你虐杀而亡，

你将去地狱，你将认为你是在天堂。

---

① 姜·路易吉·伦迪（1921—2016），意大利著名电影评论家。《时代报》职业
记者，同时为一些杂志撰写电影评论，直至去世。

12

致巴尔贝里尼亲王 [①]

你从来不曾存在：现在，你突然复活浪游，

你做，你说，你威吓：可你是死人的一具骷髅。

---

① 巴尔贝里尼家族是佛罗伦萨一个著名的家族，该家族的成员马菲奥于1623
年当选为教皇，即乌尔巴诺八世，他将其兄弟和几个侄子等任命为教廷重要官
员和军队统领，该家族进入鼎盛时期。帕索里尼这首诗所说的巴尔贝里尼亲王
应该是乌尔巴诺·巴尔贝里尼，因在本书最后的作者注中，这首短诗的题目不
是"致巴尔贝里尼亲王"，而是"致乌尔巴诺·巴尔贝里尼"，但是作者写作此
诗时并不存在一个名为乌尔巴诺·巴尔贝里尼的人，诗人暗指的可能是那个登
上教皇宝座的马菲奥·巴尔贝里尼，他当选后给自己取名为乌尔巴诺。

13

致狩猎俱乐部 [①] 的诸位名人

你们从来不曾生存，只是教皇们的一群老绵羊在游移：

　　现在你们勉强可说是在生存，原因之一是有了帕索里尼。

---

① 狩猎俱乐部是梵蒂冈为数不多的几个著名的名人俱乐部之一，成立于1869年，原名圣卡洛俱乐部，后因大批罗马猎狐俱乐部成员的加入而改为现名。1922年，俱乐部迁到博尔盖塞别墅中拿破仑的妹妹居住过的房间，她曾嫁给博尔盖塞家族的卡米洛亲王。至今这几间房子外的入口仍然钉着一块牌子，上书："内室仅容俱乐部成员及其应邀贵宾进入。"

14

致邦皮亚尼 [①]

他们捍卫的一切是纯粹的恶。

　　他们是如此盲目如此贪婪，不懂希望是什么。

他们认为，在这个也在前进的世界上，

　　法西斯是真正的最新的新事物，是这个民族

一束真正的光辉焰火。

---

① 　瓦伦蒂诺·邦皮亚尼（1898—1992），意大利出版家，办有邦皮亚尼出版社，
他是帕索里尼女朋友西尔瓦娜·毛里和《工作坊》编辑部秘书法比奥·毛里
的舅舅。帕索里尼的《卡萨尔萨的诗歌》就是邦皮亚尼出版社于 1942 年出版
的。1957 年 6 月，帕索里尼等人创办的双月诗刊《工作坊》改由邦皮亚尼出版
社印刷发行，双方已经商定好一切有关事宜。但本书中的《致一位教皇》一诗
发表后，梵蒂冈极为不满，教廷认为承印《工作坊》是对教皇的亵渎，而邦皮
亚尼此时正申请加入狩猎俱乐部，被这首诗牵连，他的候选资格被取消，愤怒
的邦皮亚尼拒绝再同《工作坊》合作。"邦皮亚尼"这一姓氏的意大利原文是
"Bompiani"，以"i"为结尾，按语法是复数，所以本诗一开头用的是"他们"。

15

致我的民族

你的人民不是阿拉伯人，不是巴尔干人，也不属古老民族，

　　但你是活在现世的民族，是一个欧洲的民族：

那你究竟是什么？你是这些人的土地：奴仆、饥民、腐败者、

　　乡民们的公务人员、迂腐的省督、

油头粉面心地肮脏的律师，

　　游手好闲的官僚，他们是无赖像愚蠢的大叔。

这是一座兵营，一座神学院，一片裸体海滩，一座赌窟！

　　数百万小资产阶级像数百万只猪，

在尚未损坏的高楼大厦前你推我挤争食，

　　在那些像教堂一样墙皮破损的民房间争食。

正因你过去存在过，现在你已不存在，

　　正因你过去曾觉醒，现在你已不省人事。

仅仅因为你是天主教的，你难以认识到

　　你的恶就是全部之恶：各种恶铸成的大错。

你还是沉入你这美丽的大海吧，以解救这个世界。

16

致一个幽灵 [①]

只是因为你已死去，我才能像对一个人说话一样对你说，

  不然，你的法律不会允许我这样做。

现在，没有一个人再保护你：你作为儿子和主人

  建立的世界已经死去，它将你抛弃使你孤苦伶仃。

你是一个老人的令人惊愕的尸体，一个支支吾吾的幽灵，

  开始在迷惑中沉入众时代构成的深渊中：

你终于成了我的兄弟，憎和爱将我们捆在一起，

  我的依然活着的躯体同你的尸体

被一种使我们成为幽灵的纽带紧紧捆在一起。

  但由于一句对你的谴责，

你这个可怜的赤裸裸的罪人，你这个被死亡惩处的人，

  你已落到像羽毛掉光周身赤裸的鸟一样的可怜境地，

可有多少话语我依然不得不埋在心底！

---

① "一个幽灵"指的应该是 1958 年 10 月 9 日去世的教皇庇护十二世。

你留下一个空位，在这个空位上，

另一个人，一个因是活人而不可触犯的人，开始秉国。

但"死亡不能秉国"！只有在这种荒谬的状态之下，

拜占庭和特伦托① 才能在我们头顶苟活，

死亡依然统治一切：可我没有死，我依然要说。

<hr>

① 特伦托是意大利北部的一座城市，特伦蒂诺—上阿迪杰大区首府。在这座
　城市召开过公会议，公会议是基督教世界性主教会议，表决重要教务和教理争
　端。在这首诗中，"特伦托"指的应该是教会。

现实主义在死亡

（1960）

朋友们，罗马人，同胞们，请听我说！

我到这里是要埋葬意大利的现实主义

而不是赞扬它。一种风格的缺陷

常常使它继续传扬，而它的优点

常常同对它的记忆一起被埋葬。

现实主义这一风格也将是这样。

提名给卡索拉 ① 颁奖生动地证明

它雄心勃勃：如果真是这样，

这可能是一个巨大的过错，因此，这等于是

它的最终没落。如果他同意接受这一奖项

——卡索拉是一位可敬的作家：

所有新语言纯洁主义作家都是可敬的作家——

那我来这里就是要谈谈

意大利现实主义的死亡：它的风格是混合错杂、

精深玄妙而通俗的……但卡索拉认为

----

① 卡尔洛·卡索拉（1917—1987），意大利小说家。著有小说《布贝的未婚妻》
《为时已晚》《伐木》等，其中第一部 1960 年获得斯特雷加奖。《现实主义在死
亡》是帕索里尼在一次斯特雷加奖提名作品讨论会时写的，1960 年 6 月 27 日
他在讨论会上朗读了这首诗的一部分（后来这首诗才以"现实主义在死亡"为
题公开发表）。帕索里尼不支持卡索拉获奖，他在这首诗中批评了"语言纯洁
主义者"。

这种风格雄心勃勃：是的，卡索拉，

他是一位可敬的作家……这一风格

给语言提供了数量无限的语词，

这些语词为填补常年的国库亏空

作出了实实在在的新贡献：难道

意大利现实主义的雄心勃勃就在于此？

它表达了无产者的痛苦，

同无产者一起涕泗滂沱：我要说的是，与此相反，

在抒情地描绘内心和白色社会主义之中

消磨时光忍受屈辱的人才是雄心勃勃……

但卡索拉说它雄心勃勃：

他是一位可敬的作家。

你们都知道这一风格

是为了表现现实而诞生，

它应该拒绝任何官方的荣誉：

这就是雄心勃勃？但卡索拉如是说：

卡索拉确实是一位可敬的作家。

噢，我没有说我不同意卡索拉

所说的一切，我只是想说出我所知道的一切。

在充满希望的时日，你们大家

都爱这种风格：这并非没有原因。

现在是什么原因阻止你们为它哀悼？

噢，是理性！理性再次迷失于

非理性那幽暗的迷宫泥淖！回避，

退缩，选择风格：所有这些行为

都是面对反动缴械投靠！

请你们原谅……我的心在那边，在棺材中，

同那种风格在一起……我想沉默，够了。

这种模拟的、客观描述的风格

——关于现实的伟大思想意识——

是通俗的这一说法

昨天还使你们惊异……现在，它就在那里，

躺倒在地：现在，没有一个人感到

它是如此卑微不值得敬畏。

如果我设法想让你们气愤，

先生们，那我就要委屈一下卡索拉

以及另外一些新语言纯洁主义者，大家都知道，

他们都是可敬的作家。

不，我不想委屈他：这样一来，

与其开罪你们，开罪所有这些

可敬的作家，不如委屈这个被杀者，

不如委屈我。

但对这一风格我这里还是有一些指责：

你们也可以把这些指责看作遗嘱。

如果你们想要了解它——你们

终于想把它搞明白——你们就去亲吻

这个死者吧，一个伤口一个伤口地亲吻，

用手帕蘸着它的鲜血！

但我害怕告诉你们它的深层的价值：

或许，你们懂得那种风格

向你们显现的一切，可这并非好事！

你们不是木头，你们不是石头，

你们是人：作为人，

最终知道现实主义是什么，

知道它想要成为什么，

尽管它是混杂的或者模拟的，

你们就会愤慨，就会

进行激烈的变革……最好你们不要知道

那风格想让历史来评判你们：

因为，如果你们知道了这一点，你们

将会把你们的国家和教会一起烧掉……

啊，或许我不应忍不住，不应向你们谈这些！

我对可敬的作家们这样做是一个错误，

他们通过文章、会议、调查

最终得到的结论是语言要回归原状，

最终得到的结论与他们想要的完全一样：

使语言像国家一样单调郁怏。

可如果你们想要聚在这里，

围住这个尸体，那我就敢将它向你们仔细描述，

在你们那一双双已瞀的眼睛之前描述……

如果你们有眼泪，那你们可以放声大哭！

你们大家都懂那个伟大的

思想意识的本质，尽管这个思想意识

尚无确定的模式。我记得运用它的

最初时日，那时它接受的是

抵抗运动之光的恩赐。法西斯被击败，

资本也像是被击垮倒地。可是，

托马齐^①的匕首以这种形式

投出一击，新试验主义者们投出

愤怒的一击，卡索拉也奋力

投出一击——他那时还是朋友。

当他抽出渎圣的尖刀，

你们会看到随之而来的是鲜血滴滴，

这几乎就是为了证实他是什么人，卡索拉，

他如此出击，并不感到羞耻……

因为，你们知道，卡索拉是社会党人：

他这是在现实主义思想的要害部位

捅的一刀；他的一击是最凶狠的一击。

面对这种忘恩负义，而不是由于创伤，

现实主义低下了头，宣布投降。

没有活力的文体杂乱别扭，

重大前提摇摇欲坠，枯萎衰败。

---

① 托马齐·迪·兰佩杜萨（1896—1957），意大利作家。生于没落贵族家庭，
是世袭的兰佩杜萨亲王。1954 年开始写长篇小说《豹》和几个短篇，均于身
后才出版，《豹》1959 年获斯特雷加文学奖，当年帕索里尼的小说《暴力人
生》名列第三。有人认为帕索里尼对不投他的票而投《豹》的人一直不满，另
一些人则认为帕索里尼的《现实主义在死亡》一诗"开启了一场针对已经进行
了十多年试验的现实主义传统未来的重要大讨论"。

啊，公民们，这是多么可怕的崩塌倒闭！

我，还有你们，我们大家一起一败涂地：

风格的反弹现在将种种事物全部

拉平……现在你们脸色苍白（或者是在梦中）：

现在，你们在内心感觉到了

作为同谋的沉重压力：确实，你们不是

没有情义，尽管你们是布尔乔亚，或者是同他们站在一

起……

于是，你们这些敏感的心灵在颤抖：

你们只看到了这种形式的创伤：

你们看看这里，看看它，看看现实主义——思想意识的

躯体——已经被深深伤到

心底，伤到了它那巨大整体结构的心房心室。

亲爱的朋友们，可亲可敬的朋友们……我并不想

煽动你们去反对官方的思想意识：

利用这种意识修复这一风格的人们，

都是可敬的作家。

我不知道是什么样的个人怨恨促使他们

采取这种行动……我知道他们中规中矩，

他们很可敬：他们肯定会得到回报，

在你们看来，这回报说明他们有理。

亲爱的朋友们，我来这里

并不奢望让你们心醉神迷。

我不是雄辩家，像卡索拉认为的那种雄辩家：

但我由于激情——对此大家都知道——而同

那种使人精疲力尽的风格达成妥协：

让我有机会公开谈论他的那个人

对此完全知晓……

我不是托斯卡纳人[①]，我不会

用词语让倾听者热血沸腾：

我知道什么就说什么：我让你们看看

现实主义的思想意识中那些被糟蹋的词语

——可怜的词语，可怜的嘴被钳制！——

我想让它们为我发声：

但如果我是卡索拉，卡索拉·帕索里尼，

在这里现在就可能会有一个有能力

用他的词语引领你们的帕索里尼，

---

① 中世纪之前，意大利并没有统一的语言，教会使用的是拉丁语，各地使用的是地区方言。文艺复兴时期，但丁、薄伽丘等使用托斯卡纳方言写作，以托斯卡纳地区的语言为基础的意大利语逐步形成。帕索里尼说他不是这个地区的人，与他关于方言的主张有关。

一个能让石头也感动的帕索里尼，

那是罗马的石头，教皇从国家手中夺回这座城市，

这个国家是一个纯粹伪善的国家。

然而，尽管不纯的现实主义

因背叛而受到痛击并已倒地

——游击队员们的鲜血

和马克思主义者的激情是其标记——

它仍然给每个人留下

"七十五里拉"，以革新

历史观念：同元历史 [①] 和资本的

几百万里拉相比这实在太少，

或者说竟等于无：但毕竟聊胜于无。

---

① 元历史（metastoria，英文为 metahistory），也称元史学、后设历史等，直译
  就是"史学之后"。

除此之外给你们留下加达 ① 的《帕斯蒂恰乔》，

它是种种大行其道的

随机应变行为的绝好归纳：同时给你们留下

莫拉维亚 ② 的无情的精辟诊断，

莱维 ③ 的社会学的温和亲切，

---

① 卡洛·埃米利奥·加达（1893—1973），意大利作家、诗人。他的小说以其
独创性和创新性的风格而著称，喜欢运用语言技巧（比如故意拼错以及使用
方言、双关语、技术术语、外来词等），因而被认为是一种"新的现实主义"。
1957 年的《梅鲁拉纳大街的帕斯蒂恰乔·布鲁托》（诗中简称为《帕斯蒂恰
乔》）是他的最成功的小说。书名中的"帕斯蒂恰乔"（Pasticciaccio）就是他
结合罗马方言创造的一个词，开头字母大写表示是人名，但它本身又有"一团
乱麻"的意思，"布鲁托"（Brutto）是姓，但这个词的意思是"邪恶的""危险
的"，因而这一书名也可理解为"梅鲁拉纳大街的一团可怕的乱麻"。

② 阿尔贝托·莫拉维亚（1907—1990），意大利当代最著名的小说家之一，做
过记者、杂志主编，曾任国际笔会主席。他于 1953 年创办的文学期刊《新主
题》是意大利最有影响力的重要期刊之一，帕索里尼曾是该刊编辑。

③ 普里莫·莱维（1919—1987），意大利作家、诗人。他的作品叙事虽复杂，
但简明精确，极注重分析，而且十分冷静，避免情绪化。

巴萨尼①的黄金故事，《亚瑟岛》②的人物，

那是一些青年，他们希望拥有不做奴隶的未来，

以及博洛尼亚的一个小小的《工作坊》……

给你们留下卡尔维诺。他的文章

更应该说是法语式的而非托斯卡纳语的，

他的灵感更像伏尔泰

而不是过激的民族主义：他的简明

不是单调乏味，他的适度

不令人厌烦，

他的清澈不是自负。

他对这个世界的深爱

因童话而激增而复杂隐约。

新语言纯洁主义者，白色社会主义者

——被梵蒂冈看重的人——永远不可能

再让你们丧失这一遗产。

---

① 乔治·巴萨尼（1916—2000），意大利作家、诗人。"二战"后不久他与帕索里尼相识并成为好友，作为有名的作家曾为帕索里尼提供了很多帮助。1950年两人在翁布里亚大区漫游很长时间，本书开头的《财富》中的几首诗就是因这次旅行而创作的。"巴萨尼的黄金故事"指他的小说《金丝边眼镜》，著名影片《戴金丝边眼镜的人》（1987）就是根据这部小说拍摄的。

② 《亚瑟岛》是女作家艾尔莎·莫兰黛出版的一部小说，讲述了生于孤岛的亚瑟与继母暗生情愫，最终幻想破灭，离开孤岛的故事。

现实主义留给你们的作品和文论

使它能继续生存。这就是它的能量……

但上天之所要，

仅仅是我的这一可称为莎士比亚式的苦涩玩笑……

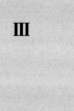

不文雅的诗

（1960 年 4 月）

风格的反动

所有的人都发誓说是纯洁的：

在语言上纯洁……当然如此：

这是心灵肮脏的标志。

一直以来就是如此。为了说谎

无须含糊其词。

奇怪的人们，自欺欺人，认为在死亡面前

人人平等！他们不知道正是死亡

（他们用的是天主教的奴隶们的托词）

造成分化、侵蚀、分裂、扭曲：

语言也是如此。

死亡并不是秩序，趾高气扬的

死亡把持者们，

死亡不作声就是一种大不相同的语言，

为的是让你们可以更强大有力：

生活正是在围绕着它

旋转不疲！你们害怕

你们的神圣死亡，以及随之而来的混乱：

你们的语言统一论是一种自卫之战！

语言是含糊的

并非清明透彻——但思考论证需要清明透彻，

不能含糊隐约！你们的国家，你们的教会，

所要的恰恰与此相反，这得到你们的支持扶掖。

方言、俚语、各种发音

无穷无尽，因为生活方式

不可胜计：

不应对之不闻不问，必须掌握这些方言俚语：

但你们不想这样做，

因为你们不要历史，趾高气扬的

死亡把持者们：诗人们讲话

有如神甫和女巫，

他们欢呼胜利，周围是一群

卡珊德拉 ①：希望的时代已成过去！

---

① 卡珊德拉是希腊神话中的特洛伊公主。阿波罗爱上她，赋予她预言才能，但
她拒绝了阿波罗的求爱，阿波罗又使她的预言不为人所信。她曾预言过特洛伊
城必遭毁灭，希腊人留下的木马里潜伏着危险，但无人理睬她。西方现代语言
中，卡珊德拉指这样的人：预见到未来的灾难，但自己既束手无策，又不能说
服旁人采取预防措施。

他们有他们的道理，他们

藏在堂区教堂里。

现在他们走出来来到光天化日之下，

这些喋喋不休地谈论自己特有的苦恼的人，

他们喋喋不休地谈论并未退出舞台的资本的

强大力量给他们提供的空洞的希望。

加达！你用的是含糊的词语，

你含糊地思考论证，

在你那一点点清澈的推理中

你要拒绝他们那谋求私利的谄媚奉承！

莫拉维亚，你用的是清澈的词语，

清澈的思考论证，你要拒绝他们针对你的

恶意，他们在你神经中的

含含糊糊的自尊中掺入恶意……我独自一人，

你们也很孤立。在这场

最终的斗争中，因为它包括了所有其他的斗争，

没有一个人倾听我们的心意。

他们要把人简化到至清至纯，他们

则是混乱不清！啊，让他们脚下的

大地开裂吧，好让他们到地狱

去使用他们的世界语。

然而，我也尊重也爱的人，

我同他在很多方面

有共同的心意，这样的人知道，语言是历史的

外在价值，就如历史把一个人

带往制高点，在那里所有的激情等同一致，

这样的人的目标差不多就是

所有的心灵都相同一致！不，未来的历史

不会像过去的历史。

拒绝评判，拒绝秩序，

是不可实现的现实。

语言，是很多矛盾对立的世纪积累的成果，

语言是矛盾对立的——是最早的混沌世纪

积累的成果——会同未来的一切、

尚未实现的一切融为一体，对此任何人不应忘记。

这就是它的神秘的自由，无限的

财富，现在，却要将它的

所有有限成果、任何合理的形式粉碎抛弃。

焚毁种种规则体系，

这是现在忍受痛苦的人的美好希冀，

是将产生的任何真实激情

无法预料的希冀，对他们的词汇的

新发音也难以推测预计。

天主教徒们对过去的伟大不必大喊大叫，

你们这些讹诈者：面对失望不必大喊大叫。

但共产党人不要让心和希望

都习惯于放弃和退缩，

要抱有希望：要心向革命的高尚神妙。

语言反映出反动。

他们的词汇构成的语言是主宰者

及其成群奴隶的语言的实际运用。

尽管在评判、指责时

也生动有力，气势汹汹，

机智灵敏：但它是资产者——

他们极力争取新的成就，

内心却衰老不堪、邪恶凶狠——取得的

成果，能够表达的只是一个一般的人的一切，

这不过是一个在其可怜的历史处境中的人。

没有逃避之路，即使你反对

你也是这样的人，卑微，不诚，

冷漠，愚蠢，玩世不恭，

这使他的任何最真诚的激情

也有偏心，这使他不相信别人的激情……

在这种情况下敌人和朋友一同过着

懒散的时日：支部 [①]

或圣器保管室的

失信、邪恶和

盲目造成的卑鄙的斗争

重新开始：过去的风格

卷土重来，像回到诗句中一样

重返人们心底：最好莫过于死去。

······················

---

① 原文为"cellula"，它的基本意思是"细胞"，意大利共产党的基层组织"支
　部"用的就是这个词。意大利其他政党没有这种基层组织。

致太阳

不，不是我们：享受不到你的

照耀的是他们，尽管他们也同样

在阳光下生存，尽管他们有充沛的精力，

他们在茅舍、土坑间维持生计，

草地长满萎蒿，处处是垃圾，

在这不定向的微风中，

他们怀着另一种心绪，也感受到你的缺席。

他们又穿上短小的大衣，

在那可怜的肩上披上披巾，

大衣和披巾已陈旧褪色，潮湿，穷气，

他们靠在墙上耐心等待，

在破碎的铺路石上跺脚取暖，

等着开往他们住处的老旧巴士，

与沉默虚弱的囚徒毫无差异。

我来到这里，来到他们的

世界（但我始终是一个不是诗人的

有教养的男人，像一个坐在

破败的墙头的男子）：

太阳啊，我真的感到了你的缺席。

天空令人绝望，细雨雨滴脏如泥淖，

在你无缘无故罢工时，他们像机器人一样没有头脑，

这天空和细雨使他们成为既是现在又是这个世纪的

呆板的机器人；带着亘古以来的可怜容貌。

这是蛆虫一样的生活，

（不是一国的人民，而是所有的人

都在那里浑身透湿地蠕动

——从你的高度看，他们极其低下，

在你缺席时看，他们几乎像是

连那样的生活也被剥夺）这些蛆虫围着我蠕动。

我多么想大喊大叫，好像被一种

莫名的悲痛击中。那是难以名状的

悲痛，像过去曾经经历过的那种悲痛。

因而这是神秘的理不清的悲痛。

只有饱含敌意的时日的悲痛

才可将我同这巨大的死气沉沉的生活捆在一起：

这种苦恼以及我那重新涌出的苦恼，

这两种苦恼十分相似，同处生存的同一个等级。

痛苦与痛苦之间不存在藩篱。

太阳啊，在你的黑暗中，

再次充满不公：

对他们不公，他们没有衣服和

茅舍；对我不公，我忍受着

不可思议的落泊。这是偶然的巧合，

是迷茫与觉醒的掺杂糅合。

现在，我不知道

问题在哪里。在你那亮光和雾霾

没有意义的永恒更替中，

这里的大地一片荒芜，

我不知道你是否考虑过问题尚未消除。

现在我不知道我会不会回到已成过去的

痛苦中，不知道通过什么样的新道路，

我不知道我能否磨炼理性来对付一种怨恨，

世界和平好像使人们对这种怨恨已没有感悟，

——我不知道是不是依然留在

战后的废墟中——或者能否学会

沉思的方法，

去面对新斗争的阴影，面对新资本

卑鄙的引诱摆布，新资本已再次成为

主宰，我不知道我是否愿意宽恕……

我已知道，现在我确实已经明白！

作为一个青年，我知道我应该是什么，

我应该做什么：我已知道所有的事情。我知道

我的疯狂的世界

是资本的世界：我陷入其中，

很像味道蕴含于它的果实中，

太阳啊，那很像温暖蕴含于你的光中。

我应该服从、忠诚、令人敬畏如神，

我不应是一个好人，而应是一个圣人，

不应是一个普通人，而应是一个巨人，

并不优雅，但纯洁、可爱迷人。

我必须寻找一种语言，

以表达我内心的无限光明，

这光明可能极为强劲：是具有资产阶级的

安逸、反资产阶级的勇气

所特有的纯真特性。

我已知道，现在我确实已经明白！

二十来岁时，我弄懂了在由种种情感

构成的这团明亮的混沌中

什么是最强烈的感情：

那就是自由！它一直沉默，沉默

多年，现在它突然涌现，成为一支

无与伦比的痛苦之歌。我们的

生存观念发生了多么大的变更！

我想起，在那些时日，只有你的光辉，

高居天穹，挥洒在弗留利荒芜的

林中空地上空，挥洒在没有希望的

人们头顶：你闪耀着纯洁的光辉，

一直如此，你是抵抗运动的一抹光明。

在世界处于最黑暗的时刻，

你是未来的一抹光明。

我已知道，现在我确实已经明白！

我知道在每次投入之后会再次

出现真空，需要再次投入斗争：

每一种情势推动

另一种情势，通过痛苦和愤慨

懂得的一切，在痛苦和愤慨中

再次令人不懂。

每个人因强制的信仰

对其选择感到充满光明，

而我则在我的觉悟的不确定的道路上

继续前行，在历史的阴影—光明交替中前行。

绝不妥协和经受痛苦

是取得一点点胜利的唯一保证，

正是在你太阳的光辉中

呈现出象征，我将你的渴望保存。

我现在再也不懂，我不知道

问题在哪里。苦恼不再是

胜利的征兆：世界

飞向它的新的青春，

每一条道路都已终结，我的路也无法通行。

像所有的老人，我拒绝这个世界，

只保留对颤抖中死亡者的安抚慰问。

拒绝这一世界的同时，我拒绝它的新时代，

或者对这些时代怀着不分青红皂白的激愤，

因为我看到这些时代

都掉入相同的贫困构成的泥坑。

你在梦想之上挥洒光辉，

阴郁的太阳啊：谁想的是不去溯源追根，

他所要的无非就是一场空梦

……………………

死亡的碎片

我来找你，回到你身边，

情感产生于光和热，

这情感在婴儿哭声显得欢乐时就得到洗礼，

这在皮耶尔·保罗的心间并非隐私，

根源是令人狂热的传奇：

我在历史之光照耀下前行，

但是，我的生存始终悲壮，

在你的领地，我的思想始终深沉。

世界上那段历史的所有实际行动，

都凝聚于你的光焰的踪迹中，

凝聚于你的光焰的

强烈疑虑中：在历史进程中这完全得到验证，

生命在其中消失为的是重生：

生命只有完美时才实际纯真……

先是忏悔的狂热，

然后是，澄清的狂热：

这狂热来自你，

并不真实，那是阴郁的情感！现在，

尽管他们指责我的所有激情，

他们玷污我的名声，说我有病，说我不纯真，

说我疯癫，说我是门外汉，说我是发伪誓的小人：

可你将我分离出来，你给我以生的可靠性：

我在火刑的柴堆之上，玩弄点燃薪柴的火种，

我胜利了，赢得了我这为数极少、

但茫无涯际的善意，我赢得了这微薄的、

但无穷无尽的同情，

这同情使我感到正当的愤怒也友好可亲：

我可以这样想，因为我因你忍受了痛苦艰辛！

我回到你身边，像一个移民回到

自己的故乡并且重新发现了它：

我很幸运（在才智方面），

我很幸福，正如我过去

那样幸福，无须中规中矩。

胸中怀着诗的黑色的愤怒。

那是年轻人的久远的狂怒。

过去你的欢乐同恐惧

杂混，确实如此，现在已不同，

几乎是同另外一种

苍白、干涩的欢乐杂混：那是我那失望的激情。

你现在真的使我害怕，

因为你使这恐惧靠近我并融入我的

愤怒、阴郁的渴望、几乎像

另一个新人一样的焦虑构成的状态中。

我健全正常，像你所希望的那样，

神经疾病在我身边狂飙，

衰弱使我枯槁，但没有

使我罹患神经疾病：在我身旁

青春的最后一束光仍在欢笑。

现在，我已拥有我想要的一切：

我甚至比世界上的某些希望

走得还要远：我的内心已掏空，

你看，你将我的时代，

和各个时代注入我心中。

我曾理性也曾不理性：彻底如此。

现在……啊，风声呼号掠过沙漠，

非洲既耀眼又漫漶的太阳

照耀世界。

非洲！是我的

唯一的替代物 ①

·····················

---

① 《我的时代的宗教》在《试金石》杂志 1961 年 10 月发表后，帕索里尼的朋
友莱奥内蒂想写一篇评论，问他《死亡的碎片》这首诗中最后一句的"唯一的
替代物"是什么意思，帕索里尼立刻纠正他："你误解了……我所说的非洲不是
卢蒙巴所指的非洲，而是兰波笔下的非洲。"他进一步解释："这只是一种沮丧、
失意的感叹……"帕索里尼感到他在自己的国家被孤立了，没有一个地方可以
让他真正生活，浪漫的非洲神话传说吸引了他。

愤慨

我向庭院的大门走去，那是

一个在底层用石头建成的

小门洞，面对郊外的

菜地，这菜地同它的松树、玫瑰、苦菜

从马梅利①时期起就一直在那里。

四周，在这个乡村式的宁静构成的

天堂的后面，是一些法西斯时期建的

摩天大楼和最近的一些建筑工地围墙

那黄色的墙壁：

再向南，越过一座又一座玻璃幕墙，

有一座阴森的坟墓。阳光下，

---

① 戈弗雷多·马梅利（1827—1849），意大利诗人，民族复兴运动最著名的人物
之一，意大利国歌《马梅利之歌》词作者。马梅利二十岁时即创作了《意大利
之歌》，歌词第一句是"意大利众兄弟"，因此一开始人们将它称为"意大利兄
弟之歌"。这一歌曲首次于"我们的洛莱多女士圣殿广场"向热那亚居民演奏后
被广泛传唱，随后的每次游行集会中，人们不约而同地唱响这首战斗歌曲，使
之成为传播意大利统一运动思想、激励爱国者开展争取民族独立斗争的有力武
器，大家也以"马梅利之歌"来称呼这支歌曲。加里波第和他的"千人军"（红
衫军）也唱起了《马梅利之歌》，开始统一整个意大利的斗争。

那大片菜地同它正中的这间小房

在冷寂中半醒半睡，那间十九世纪式的小房

洁白无瑕，立在马梅利死去之地。

一只画眉在歌唱，编织着它那引诱伴侣的诡计。

这就是我那可怜的庭院，全部

用石头建成……但我买了一株夹竹桃

——我妈妈的新骄傲——

以及插花用的各种花瓶，

还有一尊木制修士小雕像，像一个

听话的粉红色小男孩，又有点儿像个无赖，

是从波尔泰塞门 ① 找到的，我到那里

为新家淘购家具。色彩

不要太多，在如此苦涩之季：金色的，

轻轻地闪着光，绿色的，一色深绿……

红色只有一点点，有些恶意也有些华丽，

半遮半掩，有些苦涩，没有欢乐气息：

---

① 波尔泰塞门是罗马市的一座城门，每个星期日，城门附近的一大片地区禁
止机动车通行，大大小小的街道组成一个巨大的旧货市场，从一早到中午，任
何人都可将自己想淘汰的旧东西在这一带的街边摆售，商店也可把货物拉来出
售，不收任何税费。

那是一朵玫瑰。这玫瑰卑微地挂在
强壮的枝上，树枝像面对一个枪眼
孤独地在坍塌的天堂前怯怯战栗……

走近看，这玫瑰更显卑微，像一个
无助而赤裸的东西，
它具有大自然赋予的
纯粹天姿，在空气中，在强烈的
阳光下富有生气，但那是一种虚幻
受辱的生活，一种极为娇嫩的
鲜花，如此严酷的生活
会使它感到羞涩惊悸。
我再靠近它，嗅到了它的馨香气息……
啊，呼喊不够，沉默也不够：
无论如何都无法表达这完美的生存真谛！
我停止所有行动……仅仅
站在这玫瑰前呼吸，
只有在这可怜的一瞬间我才懂得，
懂得我的生活的味道：我妈妈的味道十分清晰……

为什么我不激动？为什么我不高兴得战栗？

或者享受一点点纯粹的焦虑？

为什么我不能认识我生活中的

这一古老的死结？

答案我知道：因为我在内心

已将愤怒这一魔鬼囚禁。一种细微、

无动于衷、阴郁的观念使我中毒很深：

人们说，这是衰竭，是神经的

激烈烦躁：而且意识再难从中脱身。

如果我一旦听之任之，

痛苦就会逐渐与我疏远，

它与我分离，它径自旋转，

让我的太阳穴胡乱跳动，

使脓液填满我的心，

我不再是我的时光的主人……

过去任何东西或许都无法让我信服。

那时我封闭于自己的生活

有如封闭于母亲的腹中，封闭于这湿漉漉的

可怜的玫瑰的浓郁馨香中。

但我曾为逃出来而奋斗，在外省的

乡间，一个二十来岁的诗人，一直

极度失望地

忍受痛苦，极度不顾一切地

欢乐欣喜……这场斗争

以胜利告终。我的私人生活

不再是闭塞于玫瑰花瓣中

——一个家，一位母亲，一种苦涩的激情。

现已参与公共生活。但这个世界也不了解我，

它在靠近我，亲切地靠近，让我认识它，

这必然使它渐渐将它的丑恶强加于我。

现在我不能再假装对此一无所知：

或者像它希望的那样对此一无所知，

假装不知道在这种关系中

起作用的是什么样的爱，是什么样的声名狼藉的妥协。

在这个无情的地狱

没有火焰燃烧，这种强烈的愤慨

阻止我的心对这一香味作出反应，这种愤慨

是激情的残骸……在近四十年中，

我处于愤慨之中，像一个年轻人，

他只知道自己是一个新人，

他只知道对旧世界大发雷霆。

我像一个年轻人，没有怜悯心

或者说毫不羞耻，我不掩饰

我的这种状态：我不会安分，永不安分。

紫藤

这就是说，我已经死了？死在

瓦谢洛别墅——这城堡空幻得

像我从小就不懂的这一地区的空气，

或者像意大利异教徒们的语言

或者神职人员的奴隶们的语言——别墅外墙是

紫藤构成的阴森森的垂花饰。这个富人区

这样的垂花饰众多，处处都是。一片片

紫花在云间在大路边耀眼俏丽。

在一个永远都度日如年的

灵魂眼里，这美景

实在是荒诞怪异。

现在出生的人就如那些

已经死去的紫藤，不像他们那未开化的子女

——我说他们不开化是因为，

他们的生存崭新但阴郁，其警告没有声息……

我再次重复：他们并非一生

都纯真，他们是那种愁眉苦脸的人，

在言辞上他们模仿野蛮人，

在尚未掌握词汇之前

就如此，紫罗兰上的绿色显得纯真……

我已经死去，就在春季的四月里，

紫藤已经在此，花朵绵密。

遮盖夏拉别墅墙头的

遗体构成的色彩多么甜蜜，

这遗体是越来越贪婪的

时代最后命运的前兆和预示……

我的感觉实在可恶，

这感觉现在、过去都是如此灵敏，

但从不极端灵敏，因为只是面对最新的花朵时如此，

对那些老的花朵这感觉从不去感知！

我诅咒这活跃的感觉，

由于这感觉，四月总有一天在遥远的未来再次归来：

带着紫藤以及淡色紫丁香的一串串花朵，

这些花朵几乎像没有颜色，我甚至说是苍白无色……

在陶土墙或者凝灰岩石墙

映衬下，这紫藤像黄色的甘菊花一样

不可思议地令人感到无比甜蜜，

在同它们一起而生的人看来更具友好情谊。

我诅咒这样一些人的心肠，尽管我很爱他们，

因为他们不仅不懂生活，甚至也

不懂降生落地！

啊，只有生活真实，未来的

生活也将如此：纯真只留给

将出生的新人，留给紫藤，以及它的魅力！

我在这里，内心怀着

精神的碎片，怀着

对自己的别扭的感知，这感知必然

会在季节更替的时刻突然苏醒清晰。

在荷尔蒙缺乏的状态下

各种感觉是不是在胡言乱语？这是心脏的跳动

过分衰弱，还是智力的生命力过剩多余？啊，某种东西

肯定正在走向毁灭。在我内心，

这种花就是信号，衰落王国发出的

信号——宗教走向

毁灭的信号！——别无其他含义。

它的欢乐是痛苦的欢乐，

是在几乎无色的紫丁香构成的痛苦中的欢乐，

正是哭泣的根由促成这欢乐欣喜。

但这是多么可笑，在这里

我无法因这惨淡的阴影而伤心，

尽管剧痛压得我喘不过气，

尽管这紫色构成的轻浪

以不知羞耻的单纯幼稚

在红色墙壁上空制造出

庆祝狂暴事件的无声的欢庆气息！

我不能伤心：多年来我都在预言

所有不存在的事实，都在预言

背离愿望的举止，

都是盲目的举止，出生时天生就有的盲目，

觉得在这个世界上除了

死去之外别无补救之计，

这盲目的根源是不自觉地把握历史，

是仅限于狡辩的意识……

现在，面对蒙特韦尔德大街^①

角落正在开花的可怜紫藤，

我在这里对失败进行反思。

可是，是谁使我失败？

复活的上帝啊，难道罪过令人高兴？

是的，我感到我是牺牲品，确实如此，但是

是什么东西的牺牲品？是世界末日式的历史，

而非现在的这一历史。我不明就里。

我让自己对真理和理性的

长期激情显得十分可笑。

激情……是的，因为有一颗古老的心，

在思想存在前就有的心：

还有一个躯体——或者强壮结实或者累累伤痕，

这是可怜的生命，从未可靠地

抵抗心境扭曲的生命。

从这种不可言传的矛盾中

产生了激情的第一个幼虫：

---

① 蒙特韦尔德大街是罗马市区同名山下的一条大街，距离前文提到的潘菲利别
墅公园不远。

在躯体和历史之间，是这种

走调但绝妙的

动听之声，其间完结的

和开始的等同，多少世纪中

完全如此：原因在于人世间的生存。

历史同我之间的边界弯弯曲曲地坼裂，

形成一个如同醉鬼般的深渊，

深渊中有时会涌出

不协调却自豪的微弱声音，

那是我们的

情感生存的声音：在这种实实在在的

艰辛面前，回归的只能是

历史的种种非理性的行动……

我不懂这种非理性、

这种有欠缺的理性是什么：

维柯 ① 或克罗齐或弗洛伊德在帮助我，在我丧失意志时

---

① 乔瓦尼·巴蒂斯塔·维柯（1668—1744），意大利著名哲学家、美学家、语言学家、文学评论家。1725 年自费出版的《新科学》一书标志着历史哲学的诞生。

他们用的仅是神话和科学的暗示。马克思则并非如此。
只是词语，

是他的无声的词语，不是曙光，

不是此前的黑暗，可怜的紫藤！

只要它在你身上活着——在我身上它为你颤抖，

压抑的呻吟就依然故我，人们不懂这样的呻吟，

人们对它也不愿谈论。

可是在不懂这意味着什么时

能去爱它吗？紫藤，

祝福你，因为你仅仅是爱，你这来自植物的知心人，

愿你在临产前的世界再生！

你强壮，旺盛，

在一个夜间突然再生，覆盖了

刚建起的整面墙壁，以及赭石建的

豪华高墙，在阳光灼晒下这高墙已露出裂痕……

只要有你，有你这易衰的攀缘植物

以及你那说不清道不明的香味，就足可使我的历史

纯洁清明，像一个幼虫、一个修士一样清明：

我并不想这样，我还是想——在我的极大的

新愤慨中——返身去支撑

我那泥灰层剥落的

新建筑。

某种东西扩大了躯体和历史间的

鸿沟，它使我衰弱，

使我憔悴，使我的伤口再次加深……

我痛苦呻吟，你这曾让人觉得不起眼的植物，

令人失望的植物：对此我一清二楚。

互不了解，以及憎恨

强大到了艰苦生存

难以忍受的程度：

对此爱和死亡——爱的

孪生兄弟——也无法定义：它们

使我那因困顿而重新敏感的

旧感觉的能力土崩瓦解。

于是，面对将墙壁染成紫色

并宣布四月和伟大时代到来的紫罗兰，

我只想去死……

我的生活再也不会有报答：

四月的生气勃勃无济于事，

力求了解一切的愿望分文不值……

一个没有历史的妖魔，

野蛮残忍中的残忍，

在新闻自由、忏悔的神话中

完成它的残酷迫害，

焚毁激情、纯洁、痛苦，

以几乎像嘲弄一样的残忍接受死亡，

尽管是斯多葛式的残忍，这妖魔没有宗教信仰，

如果不将它把自己的规则

强加于人也算作信仰，这妖魔没有爱，

如果不包括它的这种爱，即爱就是要所有的人

不管好坏一律相同，

这妖魔不知道什么是怜悯，

因为对于每个人来说争取生存

是一场心照不宣的赌博，

这赌博使洞悉一切的主人成为盲人：

我在出生时就遇到了

所有这一切，这很快就给我带来痛苦：

但这是得意的痛苦，几乎使我抱着

幻想，幻想心灵

可以改变已知的一切，

在内心深处，改变为一致的爱：

从基督到十字架，我可以放心地前行！

然后，然后是对革命的憧憬。

现在我来到这里：紫藤覆盖着

整个居民区粉红色的墙壁，

这一居民区是任何激情的墓地，

这一居民区平庸、舒适，在终将使它瓦解的

四月的阳光下温暖惬意。

世界再次在我眼前逃离，我再也不能

将它驾驭，它逃离我，咳，再次成为另一个天地……

别的风尚，别的偶像，

还有群众，不是人民，是群众，

在他们面对的世界面前

甘愿沉沦，

在所有的屏幕和录像带中，世界被扭曲，

一群乌合之众，满怀渴望，

猛烈横冲直撞，

妄想参加节庆活动，

沉沦于新资本想把他们安顿的惨境。

词汇的含义在改变：

怀着希望一直使用这些词汇的人

已经落伍，已经衰老接近死亡。

要想变年轻，这种有害的

焦虑，这种失望的归顺

毫无用处！不表达的人，他已被遗忘。

你的归来多么暴烈，

你不是变年轻，而是真正地

再生，大自然的狂怒啊，

你想将我扼杀，可你显得太温柔，

因为一系列的悲惨时日早已将我杀死。

你俯身于我的再次开裂的深渊周围，

在我的暗无天日、

长时间的耽于声色、土崩瓦解、担惊受怕的爱

以及死的渴望面前散发着纯朴的香味……

我的精力已丧失；

再也不懂理性的含义；

我的衰朽的生命正在被埋进泥土

——埋进你虔诚的衰败中，

我失望，因为在我的生活中，

世间只剩残暴，以及我心灵中的愤怒。

注

由于意大利的一般评论者好像认为，这些诗是在他们阅读之时写的，所以我想请他们注意如下事实：所有这些诗都是在 1960 年之前写的，确切地说，是在那一年的 7 月之前写的。

《财富》

此诗第二部分前几句所说的人是乔治·巴萨尼。

《致一位青年》

这个年轻人是贝尔纳多·贝尔托鲁奇，诗人阿蒂利奥·贝尔托鲁奇的儿子。现在，贝尔纳多也是一位杰出诗人。

《我的时代的宗教》

我"穿过街道构成的幽暗的长廊，来到城市的 / 边远荒村，这里充斥着堕落的灵魂，处处是 / 缺胳膊断腿的肮脏十字架……"，一个人同我一起这样前行，一直走到"目的地：瓦亚尼卡塔"，这个人是费德里科·费里尼。

《致乌尔巴诺·巴尔贝里尼》

"死人的一具骷髅"这种表述借用的是贝利的说法。

《现实主义在死亡》

这些模仿莎士比亚的诗句是在就斯特雷加奖提名作品进行第一次讨论时写的。我现在公开发表是因为,我觉得这些诗句更具有现实意义:不仅涉及卡索拉的那些诗句(他公开或私下的论争使我觉得他有些让人摸不着头脑)是这样,有关意大利文学界最近几年的"场景"的那些诗句更是如此。

《死亡的碎片》

这是写给佛朗哥·福尔蒂尼尔的一首诗。

附录

关于《我的时代的宗教》

《我的时代的宗教》一书的思想观念来自《我的时代的宗教》一诗，这些观念并非事前已存在于某种严谨的政治模式之中。我的这本书的政治见解不仅只是政治见解，同时也是关于诗的见解，也就是说，这些见解经历了质的深刻演变，这种演变就是风格形成的过程。

比如说，法西斯分子[①]指责我的一首诗（题为"致我的民族"的警句式的短诗），说它是对祖国的攻击，甚至到了触犯侮辱罪的地步。随后突然又说可以原谅我，至于原谅的原因，往最好的说不过是由于我是一个诗人，意思就是，我是一个疯子。这很像庞德的情况：他是法西斯分子，背叛了祖国，但人们以诗人——疯子的名义原谅了他……这就是思想观念同诗和解时所发生的事：法西斯分子仅从思想观念的

---

① "二战"后，意大利共和国于 1946 年 6 月 2 日成立，不容许法西斯政党存在，但被认为奉行法西斯主义的政党依然存在，帕索里尼这里说的"法西斯分子"就是指这些人。

角度阅读我的这首短诗时只会推导出它的文学的和逻辑的含义，因而把它看作对祖国的侮辱。但是，如果再从美学的角度阅读的话就会推导出完全不实用的含义，即没有意义的含义。事实上，逻辑的要素和诗的要素在我的这首短诗中同时存在，密不可分地融合在一起。从字面上确实可以说是这样：我的祖国不值得尊重，应当沉入大海，但真正的含义是，不值得尊重、应当沉入大海的是我的祖国的反动资产阶级，即我的祖国应当被理解为一个具有正统观念、虚伪、野蛮的统治阶级的活动地盘。现在，我可以来谈谈我的这本书论争的部分了，这一论争针对的正是意大利共产党的一些名副其实的宗派主义的立场，即懒惰的、随波逐流的立场，那是仍生存于过去的人们的立场。这样就可以得出相同的结论了。

比如说，在题为"致红旗"的短诗中，我描绘了南方衰败的可悲境况（人们都知道，这恰恰是与北方的经济发展同时发生的），最后我希望，红旗再次变成南方农民当中最贫穷的一个人挥舞的一块可怜的破布。也许正是因为这一点，萨利纳里 ① 没有指名道姓但毫不含糊地把我称为"民粹派"。那

---

① 卡洛·萨利纳里（1919—1977），意大利文学评论家、文学史家，曾是意大利共产党文化部门的负责人。1961 年 9 月 2 日在《新道路》周刊撰文评论《我的时代的宗教》，文章的题目是《为帕索里尼下的诊断》。萨利纳里在文中说帕索里尼是"民粹派"。

好，如果他是在如下意义上使用这个词，即列宁在一个具体历史时刻用以形容一种具体历史运动（认为革命并非由工人中的优秀分子领导而是农民阶级的产物）时所使用的一个词，那我自然就反对把我说成是"民粹派"。如果我认为，不在摩德纳①而在梅利萨就可以革命，那我就是个傻瓜。但是，如果萨利纳里用这个词现在流行的意义来形容我，即"民粹派"是"马克思主义以前就存在的爱，或者超越了这种爱的爱，以此来爱人民的马克思主义者"（正如我在下面将要阐述的那样），我也可以接受这一定义。在我的这首短诗中，从字面看，会使人想到历史上的民粹主义（即列宁与之论战的民粹主义），或者温情的民粹主义（萨利纳里加于我头上的那种民粹主义），然而事实是，这首短诗所蕴含的，仅仅是把一个活生生的实际问题摆上桌面，我认为，这是一个意大利共产党还没有充分认识到且还没有足够的能力去面对的问题。我觉得，意大利共产党对待南方游民无产阶级的立场是传统的，甚至可以说是老掉牙的。现在，新资本主义试图麻痹或者说正在麻痹工人贵族（使之屈从，但不是福音书所说的顺从！），或者试图使之在强硬的立场上更加僵硬（比如像莫德纳的那伙

---

① 摩德纳是意大利北部地区的一个工业城市，梅利萨则是比较落后、以农业为主的南方地区卡拉布利亚大区一个市镇下辖的一个小村庄。

人）。很明显，南方游民无产阶级问题是在新的光照下提出来的：这是一个纯朴的、成熟的阶级，人数庞大，应当唤醒它承担起自己的历史责任。

这就是我通过这首短诗要表达的真实想法，从字面来说，这首短诗会成为人们在思想观念方面指责我奉行民粹主义的借口。总之，一位作家的思想观念就是他的文学观（由一系列的见解构成，这些见解有的很明确，另外一些肯定很混乱），文学观会在风格上不可逆转地形成作家的真实政治观念模式和美学观念模式，这两种模式常常是两个并不重合的历史进程。

在我身上，政治观念是马克思主义的，但美学观念却来自苦难经历，尽管我的经历后来发生了深刻变化，因而这一经历中也必然包含着一些过时的文化残余：福音、博爱，如此等等。

政治观念关照的是未来，美学观念（由于主要体现于作家的创作活动中）展现的是过去。这是冲突对立，同时也是融化糅合。

换一种说法，一位作家的思想观念就是他的政治观念——他在逻辑和道义方面的同道们所说的政治观念，但这种政治观念具体体现为文学观，这种文学观将个人本位的东西以及他的生存经历和历史的具体矛盾等置于首位。

在这种冲突对立和融化糅合的过程中所发生的一切的具体体现，就是一位作家自己的真实思想观念，他诗意地表达的东西会回归到他自己特有的思想观念，而不是回归到他作为一个公民所供认的那种理性的、客观的思想观念。

皮耶尔·保罗·帕索里尼

摘自 1961 年 11 月 9 日《新道路》周刊专栏《对话帕索里尼》

译后记

　　皮埃尔·保罗·帕索里尼是二十世纪意大利文坛的一位奇才，他是电影导演、诗人、作家、编剧、文学评论家和电影演员，还是语言学家、画家、翻译家。他才华横溢，多才多艺，笔锋犀利，精力充沛，勇猛坚毅，在短短五十多年的生涯中在文学和艺术等多个领域展现了非凡造诣，作品浩繁，精品不可悉数，取得辉煌成就。如果要写二十世纪意大利文化艺术史，他无疑是一位不可或缺、需要浓墨重彩阐述的现象级人物。他的一些作品往往一出现就引起轰动，他受到的关注和非议在当代意大利知识分子中无人能比。自 1955 年他同电影大师费里尼合作开始涉足电影直至去世的二十年间，他写的电影剧本多达二十一部，每一部导演和参演的影片都引起了轰动。他在电影方面的辉煌成就，往往掩盖了他在其他方面的成就：他写了大量长篇小说、戏剧和社会评论，最主要的成就是诗作，他一生出版的诗集达十七部之多，诗作总数比意大利二十世纪诗坛隐逸派三巨头翁加雷蒂、蒙塔莱和夸西莫多加起来的诗作总数还要多。他的几乎每一部诗作都引起广泛关注，一般认为，其中最重要、最有代表性的作品是《葛兰西的灰烬》《我的时代的宗教》《玫瑰形的诗》和《超然与条理》。我能有机会翻译这四部诗集中的前两部，实在幸运。但愿他更多的诗作被译出，让中国文学和艺术界以及广大读者了解、研究他的诗作。

帕索里尼二十岁上大学时就出版了第一本诗作《卡萨尔萨的诗歌》，但使他一举成名的是1957年出版的诗集《葛兰西的灰烬》。该诗集收录了写作于1951年到1956年的十一首诗。此书一出即引起轰动，当时的报道称，一本诗集"销售情况如此之好极为罕见"。评论界也开始热烈讨论，它被称为"新一代（知识分子）的第一本诗作"，是意大利战后文学的"一项重要成果""诗歌领域最重要的作品"，是"对二十世纪意大利文学的挑战"，它"宣告了资产阶级文明的末日"。帕索里尼自己也宣称，这是一本思想意识的诗作。1961年出版的《我的时代的宗教》收录了作于1955年到1960年之间的近四十首诗，诗集从独特的视角出发描绘了意大利的社会现实，特别是永恒之城罗马的另一面，最黑暗角落的夜间生活：发泄不满的年轻人、卖春的妓女和皮条客、失业者和流浪汉……其描绘有时不堪入目，却内涵丰富，让人看到这座代表意大利的城市被黑夜掩盖的真实面貌：一座地狱。当然，这两部诗集遭到的非议不小，甚至左翼政党的一些评论家也表现了"不解"。但人们还是不得不承认，这些诗作反映了诗人对时代、对权势集团和教会造成的剥削和压迫的最清醒认识，诗人对之进行了猛烈的抨击，表达了对最底层民众和丧失基本权利的人的同情和怜悯，指出了新资本主义的穷途末路，表现了他作为一个知识分子要承担起教化职责的信心和斗争的决心，因而奠定了他成为战后意大利最重要的诗人的地位。

"二战"后期和战后重建时期，意大利文学艺术方面最流行的艺术风格是新现实主义，这种风格的优秀小说和电影大量涌现，在世界文坛影响很大。但是，新现实主义的诗作却很少，诗坛最有影响力的是艺术性很强、着力刻画人的内心世界细微情感瞬息万变的隐逸派。在这种情况下，一个三十多岁的普通知识分子写出思想意识如此鲜明、如此热情洋溢、如此观点明确、如此雄辩、战斗力如此强大的诗作自然会引起巨大反响。著名作家莫拉维亚曾说："帕索里尼是一位伟大诗人，一个世纪只会有那么两三个伟大诗人。"后来有人甚至说，意大利二十世纪诗坛的代表性人物只有两个，一个是1975年获诺贝尔文学奖的蒙塔莱，一个就是帕索里尼。

帕索里尼喜欢运用"读画诗"和"游走诗"的方式全方位地详尽展现意大利社会被掩盖的真实面貌。"读画诗"是观赏一幅画，同时又观察四周，既描绘画作又写周围的人和事以及诗人自己对生活的感受，像对着镜子在思考、探索（比如《我的时代的宗教》中的《财富》一诗）；后者是游走于街头广场，身临其境地观察，清清楚楚地表现目之所见和心中所想，既像充满激情的内心独白，又有雄辩的批判力。

作为书名的《葛兰西的灰烬》一诗就是一首"游走诗"，诗人在罗马找到第一份工作时每天都同平民一起乘坐公交车和近郊火车到郊区上班，途经之地就包括葛兰西所长眠的公墓。葛兰西是意大利共产党的主要创建者，西方著名的马克思主义者和文艺理论家，因提出"走向社会主义的民族道路"被称为"创造性的思想家"。三十三岁时身为国会议员的葛兰西被法西斯非法逮捕并被判处二十年徒刑。在狱中，吃的是发霉的食物，多雨阴冷的冬季不许取暖，病时不给应有的治疗，墨索里尼恶毒地宣称"要使他的头脑停止思考二十年"，妄图达到"慢性杀害"的目的。但葛兰西在极端艰苦的条件下仍然以坚强的意志研究革命理论和实践问题，凭记忆写下三十多本《狱中札记》和大量书信（后结集为《狱中书简》），成为意大利现代思想史中的重要著作。1937 年葛兰西病故，被葬于罗马市近郊的非天主教徒公墓，简单的墓碑上仅铭刻着"葛兰西之墓"和生卒年月。诗人怀着敬仰的心情写道："你用消瘦的手描绘出了理想"，"在你被虐杀的 / 时日里，你写下了那些最辉煌的诗篇巨制"。"他不顾牺牲地斗争……真诚地疯狂献身……他的内心充满／充满圣经式的精明……以及自由的//讥讽激情"，"捍卫着令人着魔的纯真"。这些诗句表现了对这位生前死后都遭迫害的伟大革命家的敬佩。在天主教民主党主宰政坛、教会势力强大的意大利，这可以说是极为勇敢的行为。诗人接着满怀激情地呼吁："必须认识，／必须行动"，"不应让步退避"，表达了应该做一些事以承担启蒙教化作用的雄心。与此同时，诗人也指出，被葬于非天主教公墓无疑是对这位伟大人物的亵渎，并悲叹几十年过去了依然留在这里，"除了在这格格不入的地点，在这仍然被放逐的地点／安息之外，你一无所能"。这些诗句表达了对左翼党派在资产阶级和宗教势力面前的无力与妥协、葛兰西的理想已处于落空边缘的悲愤。"锤子敲击铁砧之声，／这声音慢慢消退"，就是这种悲愤的诗意表达。这首诗中对国家社会经济发展的描写证实，发展早已走上歧途，诗人对国家发展的前景和希望已经落空，剩下来的只能是展开新的斗争。

关于诗集《我的时代的宗教》，诗人自己说："《我的时代的宗教》表现的是六十年代的危机……一方面，新资本主义的警钟已经拉响，另一方面，革命处于停滞状态，两者之间是真空，是随之而来的生存的可怕真空。"这些诗作描绘的正是"二战"后意大利经济恢复后工业高速发展、出现第一次"经济奇迹"的时期，相对落后的南方很多农民涌入北方，形成汹涌的国内移民潮。意大利虽然很快从一个落后的农业国发展成一个发达的工业国，但随之而来的经济和社会的深刻变化使很多严重问题凸显出来。诗人敏感地发现并描绘了这些问题，他对底层百姓实实在在的苦难进行仔细思考、分析，指出这样的状态无可避免的最后结局，进而明确表达自己的愤慨和批判，提出应当全盘否定这个新资本主义社会，否定这个早已衰落的庸俗虚伪的"国家的冷酷无情的心"主宰的社会。

作为书名的长诗《我的时代的宗教》也是一首"游走诗"，但不是诗人在游走，而是两个青年在罗马游走，诗人在对之观察和回忆及思考中写成这首诗。他想起，自己儿时曾"将我的／纯真和我的鲜血全部奉献给耶稣基督"（诗人实际上十四岁就放弃了宗教信仰）。但他现在看到的是，青年人"在混乱中生存，没有一个人关心，／他们怀着人的激情恣意而行"。他们"是穷人的子孙，／命中注定要俯首听命"，"因此而堕落卖身"，"妓女们在卖春"。接下来是"我"的游走和回忆："我青春期所爱的教会／已在过去的世纪中死去"，因为"人的任何／真正的激情都没有表现在／教会的言辞和行动中"。教会中"始终存在的是怯懦无能"，"没有一个人知道如何感受真正的激情"。这让诗人产生渎神的感觉。诗人进一步指出，天主教的信仰"就是资产阶级的信仰"，"其标志／／

是各种特权，是各种好处，/ 是各种奴役"。面对这一切，诗人问道："此时我能做些什么？"答案是："翻腾着极为焦虑的 // 爱的人，绝不能将这份爱 / 天真地向它奉送。""在这个无情的地狱"，"我不会安分，永不安分"，"我希望与众不同"，我要"另辟蹊径"。最后诗人高呼："死亡依然统治一切：可我没有死，我依然要说。"对"穷人子孙"的深切同情溢于言表，对教会毫不留情的抨击如雷贯耳，诗人激情和斗争精神喷涌而出。

帕索里尼 1950 年来到罗马后先借住舅舅家，次年才同母亲一起在一座监狱附近租房住下，生活十分艰苦，每天长途跋涉到郊区小镇的中学教书。途中所见和艰苦的生活为他的诗作提供了丰富多样的素材，也使他见识了穷人的艰辛，感受到了疲惫苦涩的生活烦乱严酷。这两本诗集的题材广泛，包括对反法西斯抵抗运动的歌颂，对野蛮的工业化和新资本主义的揭露与批判，对工业区边缘地带贫苦百姓和失业者的艰苦生活以及这些地方年轻人以放荡行为表达抗争的描绘，对社会混乱和投机钻营以及畸形消费的批判，对知识界的犬儒主义和助纣为虐的批判，对教会的毫不留情的抨击，等等。诗人看到，意大利没有任何变化，它"在像空气一样的甜蜜的死亡中颤栗，// 这里最高统治阶级的统治永不变异"。诗人用"沉睡""卑微""低眉顺目""停滞死亡"等词语来形容这个国家，这里充满"死气沉沉的气息"，"月球上的生活也不过如此"，称它"是这些人的土地：奴仆、饥民、腐败者、/乡民们的公务人员、迂腐的省督、/油头粉面心地肮脏的律师……这是一座兵营，一座神学院，一片裸体海滩，一座赌窟"！诗人把妓女形容为"女王"，"她的宝座/是一片废墟，她的国土/是布满粪便的一块草地，她的权杖/是一个红色的小手提包提在手里"。"周围，是一些皮条客，他们……是头领，是摄政王坐着元首的交椅：他们/静静地眨眼示意，用暗语交流，/在夜间完成交易。""一个（十一岁的）孩子/被赶出来独自闯荡世界"，"这样的辛劳/只有被掐住脖子的人才能接受，/每一种生存方式都与他为敌"。疲于奔命的普通人"都在历史之外，/都处于同一个世界，这个世界除通向/性和心的道路外别无出路"，他们"对其主宰者们的所有召唤/听命顺服"，而主宰者"轻率地要人们习惯于//必定使之成为牺牲品的最无耻的习俗"。《卑微的意大利》一诗中燕子翻飞贯穿全诗，用飞翔来反衬"黑暗阴郁"的意大利，而意大利"被向后拖"，"拖向空虚的时代"。诗中特别提到"对分佃农"和农民"一家人面对地主沉默不语"等细节。提出教会"应该向善，/却被无耻行为控制"。诗人在《致一位教皇》中甚至指着鼻子对教皇怒吼："多少善事你本来可以做！可你没有做：/没有一个人比你有更大的罪过。"这些诗描绘了万花筒般的生活场景和细节，表现了诗人对社会现实的独特看法，在抨击"资产阶级无能"的同时，一些不值一提的细节和某些人的无知、顺从激起诗人的愤怒。同时他也从游民无产者身上看到了纯真和希望，看到民众中也有很多人"从这些冰凉的岩石中／汲取强大的激情活力"，认为他们是自由的、不受种种规则约束的典型和未来的希望。这点燃了他的同情、愤慨和激情，对民众"那一成不变／反复再现的生活的认知／长久地存在于我心底，我心里／依然满是早已不新鲜的哭泣"，"我心中却是暴风骤雨"。诗人最后说："必须／摆脱这贫穷苦难的监狱！／必须摆脱焦虑。"在两本诗集中，诗人强烈的激情闪着光投射于所有事物，对教会、意大利权力体系、一些政党和知识分子、黑手党和"新纳粹"发起排山倒海般猛烈抨击，观念明确，"激情与思想意识相互重叠"。可以说，这两本诗集是最具诗人个人特色的杰作，是他的诗作中最具激情和战斗力的作品。

帕索里尼在诗歌方面之所以能取得这些成绩，应该说主要原因是，他是意大利最突出的（但也很孤独）葛兰西式共产党知识分子，他自觉努力运用葛兰西的理论，然后以自己冷峻的观察力深入观察、科学研究当时意大利最重要的社会问题和社会矛盾，努力探索社会邪恶的根源及其对底层民众的戕害，他关注底层民众，所以能够满怀激情地为底层民众发声，呼吁开展新的斗争，这展现了一个左翼知识分子毫不妥协的斗争精神。

　　帕索里尼出生于博洛尼亚，父亲是军队中尉，母亲是教师。幼年因父亲军事调动全家多次迁徙。他六岁上小学时即开始写诗，十七岁入博洛尼亚大学文学院，学习期间写了一些诗，1942年出版的《卡萨尔萨的诗歌》受到一些评论家的好评。二十一岁被招入法西斯军队，因他对法西斯早已反感并拒绝向占领意大利的德国纳粹交出武器，很快离开军队，到母亲的故里卡萨尔萨镇避难。他的母亲1944年同她的第二个儿子圭多参加了反法西斯游击队，但在抵抗运动中几个政党所属游击队存在分歧，圭多所在的共和党所属游击队次年2月在威尼斯朱利亚的波尔祖斯山区被另一个党的游击队围歼，圭多被杀害，这对帕索里尼造成很大刺激。战争结束后的1945年底，帕索里尼才从博洛尼亚大学毕业，他成绩优异。1950年，帕索里尼因接受三个男孩的"性服务"被调查，赔偿几个男孩后被迫同母亲一起前往罗马谋生。他的父亲在法西斯军队侵略非洲时被俘，1946年从肯尼亚提前遣返，1958年去世。这些经历对他影响很大，他从不提做过法西斯下级军官的父亲，对母亲则十分敬重，在诗作中常常提及。他将抵抗运动比作"一束光"，此光将照亮未来，给未来带来希望，在诗作中对弟弟圭多更是着墨颇多。到罗马后他开启了生命的第二阶段，此时的他已能够深刻理解底层民众的疾苦，对他们身上的压迫感同身受，他关注人民，为人民和社会前景担忧，他仔细观察，积极探索，发现弊端，寻求变革之途，表达自己的责任和抱负，这使他的诗作具有强烈的批判意识和战斗精神，最终汇聚成耀眼而辉煌的篇章。了解他的这些经历和当时意大利的社会状况，无疑对理解他的作品有很大助益。

在意大利，帕索里尼的一些作品也曾引起巨大争议，尤其是一些小说，被指责过于淫秽，教会和右翼借此大做文章，多次就他的作品或行为提起诉讼，他一生面对的起诉达三十多次。这些人对他的一些政治观点和主张更为不满，反复指责批判。他所在的意大利共产党一些部门负责人和倾向于该党的评论家也不能理解他的观点和主张，甚至直接批评。1952年乌迪内地区的共产党领导决定将他开除。在这种大环境下，他能取得如此成就实属不易。

不管他的观点和行为引起多少争议，他的诗作的批判目标却很明确，他在激进党党代会上作为知识分子和诗人的致辞中提出，应当"在民众当中传播本应有的权利意识"，"激发他们拥有这些权利的愿望"，可惜的是，会议开始前他已遇难，致辞由他的一位好友代为宣读。他鲜明的批判态度和杰出的成就自然使黑暗势力十分愤怒。1975年11月2日人们在罗马郊外荒凉海滩发现了帕索里尼被打得不成人形的尸体，十七岁的男妓皮诺领了罪，调查取证、判刑等过程草草了结。人们一直怀疑，这个小青年怎么仅凭一人用一块木板就将另一个年富力强的男人打得面目全非，怀疑他只不过是替罪羊，背后一定有黑暗势力。这样的怀疑不断有人提起，但一直没有下文。当时，诗人被袭击致死的那块空地，很快成了"朝圣之地"，小汽车排起长龙，有人用石块垒起椭圆形坟堆，用两根木棍做成十字架立在坟后，漆上"P. P. Pasolini"，还有人剪下报纸上诗人的照片压膜后靠在十字架旁，四周的花瓶插满鲜花。他的朋友们和文化界的一些名人为他举办了隆重的葬礼，称他为"圣帕索里尼"，在他们和广大读者心中，他将永垂不朽！2022 年帕索里尼百年诞辰之时，在意大利和其他一些国家举办了不同形式的纪念活动。中国社会科学院的《世界文学》杂志 4 月号也推出帕索里尼小辑，刊载了他的小说、散文、访谈录和纪念文章，以示纪念。

两本诗集早在 2020 年前就译完，后历经各种曲折，终于如愿付样。在此感谢电影资料馆的张红军同志，是他向我提起翻译这两本诗集一事。感谢商务印书馆丛晓眉老师和版权代理公司聂丽英老师为两本诗集所做的诸多努力。感谢前任编辑杨蓓蓓老师去读博前加紧编辑，这种精神很值得敬佩。

感谢为这两本诗集出版付出辛勤劳动的所有人员。帕索里尼是一位大家，一位语言学家，准确将他的文字译为中文着实不易，特别是他排山倒海式的批判，那种气势体现出来的确很难，翻译时只能勉力为之。两书译文肯定有不少瑕疵，希望方家指正，更愿能有更好的译文出现，不辜负这位大家。

刘儒庭

2023 年 8 月

图书在版编目 (CIP) 数据

我的时代的宗教 / (意) 帕索里尼著；刘儒庭译 . — 北京：
商务印书馆，2024
ISBN 978 - 7 - 100 - 22665 - 3

Ⅰ. ①我… Ⅱ. ①帕… ②刘… Ⅲ. ①诗集－意大利－
现代 Ⅳ. ① I546.25

中国国家版本馆 CIP 数据核字（2023）第 121718 号

我的时代的宗教

〔意〕皮耶尔·保罗·帕索里尼 著
刘儒庭 译

商 务 印 书 馆 出 版
（北京王府井大街36号　邮政编码100710）
商 务 印 书 馆 发 行
山东临沂新华印刷物流
集 团 有 限 责 任 公 司 印 刷
ISBN 978-7-100-22665-3

2024年3月第1版　　　　开本 787×1092　1/32
2024年3月第1次印刷　　　印张 8.25
定价：78.00 元